JN089492

技術者が参考にすべき

「60歳からの
第二の人生」

長谷川和三 著

日本僑報社

前書き

　著者は60歳で新しい仕事を見つけて転職し、管理職からスタッフに戻った。新しいテーマを学ぶことで、新しい仕事に着手出来た切っ掛けや、その楽しみ方など、第二の人生の楽しい生き方を読者の皆さんに紹介したい。

　また、大学（東洋大学）で新しく趣味（中国文化）を学ぶことになった経緯や、大学での中国文化の学び方、中国などの海外旅行で味わった経験を紹介し、読者の皆さんの今後の人生の楽しみ方の参考になるようにしたい。

　なお、著者は70歳を過ぎた今でも、毎月上海を訪問し、また毎週大学に通学して、仕事や中国文化研究などを楽しんでいる。

　60歳を過ぎても、新しい仕事や文化を学ぶことが如何に楽しいか、当方の経験を一冊にまとめた。ぜひ本書を皆さんの今後の人生の切っ掛けにしていただきたい。

2024年5月

長谷川和三

目　次

大学で学ぶ

1.はじめに

　60歳以後、如何に楽しく生きるかを考えるには、60歳過ぎてからでは勿論遅すぎて、少なくとも50代から考えるべきだと思う。そこで、当方の経緯を説明させてもらう。

　当方は、工学部機械学科を卒業後、機械メーカーに入社して以来、高度成長の中で圧縮機の設計や開発に従事してきた。40代半ばを過ぎてからは、海外展開が仕事に加わり、主に欧米のメーカーとのアライアンス（同盟）の仕事が中心となり、欧米文化との交流が楽しみであった。

　晩年（50代後半）になって、欧米のアライアンス体制が一段落したとき、社長から中国進出の責任者を命じられ、自分にはこれが最後の仕事と心得た。しかし、当時中国には全く足場がなく、関連の情報収集から始まり現地のパートナー探し、工場用地探し、会社設立、工場建設と生産立ち上げまで4年間集中した。2004年4月に日本に帰ってみたら、今までの様なエキサイティングで楽しい仕事は無く、退屈で、二週間で会社を辞めたくなった。

　ある日、中学時代からの同級生で大学教授（工学部）の友人とたまたま会う機会があり、老後の生き方を相談したところ、技術者は技術の現場を無くして在宅では技術をベースとしては、仕事は進められないという結論になった。従って、定年後の20年間は、本業の技術以外の人生を楽しめる趣味を持つ必要があるとアドバイスをもらった。

2.大学受験

　60歳の自分は、80歳まで生きるとして残りの20年間をどうやって楽しく過ごせるか？　楽しめる趣味は何か？

　一ヶ月間、真剣に考えた結果、今まで30年以上味わった欧米文化ではなく、未だ4年間しか付き合っていない中国文化探求という結論がでた。

　それは広さと奥行きの深さを考えると、一生楽しめると思った。当方が中国で仕事した場所は、昔の呉の国の首都蘇州で文化遺産が豊富な古都であった。週末は観光にふけり、中国の自宅では陳舜臣の大作「中国の歴史」15巻を購入し読みふけった。そして、中国全土を観光した。

　今後より深く研究を楽しむには、大学に入学して本格的に基礎を学ぶ必要あると考え、東京大学文学部3年生への編入受験を決断。半年間必死で受験勉強したが、結果は不合格であった。ただ、東京大学教養部の教科書は、内容が大変とても面白く楽しめた。試験の最中に不合格の場合を考えて隣の席の受験生に、中国文化のレベルの高い大学の紹介をお願いしたところ、東洋大学と二松学舎大学を紹介された。東京大学不合格の結果後、この二つの大学の入試日程を確認した。二松学舎はすでに受付が終了していたが、東洋大学には間に合い、受験科目に中国語を選択し受験した。中国語を選択した受験生は私一人だけであったので、受験の席が他の受験生と離れていた。その後、面接があり教授からは授業料の安い聴講生制度を紹介された。試験は合格したが、教授の紹介を利用し聴講生を選択した。

　2007年4月より聴講生として、東洋大学（週2.5日間）と神田外語大学（週1.5日間）合計週4日間の通学を開始し、合計12科目受講し、会社は金曜日だけの週1日の通勤とした。

3. 神田外語大学

　この大学は千葉市にあるが、当方の自宅は隣の習志野市と非常に近く、通学に非常に便利で、先生が非常に親切に対応してくれた。

　そこでは、中国の現代社会文化と中国語の授業を受講。大変楽しい授業だったが、中国語は毎週100個の単語を暗記する宿題が与えられた。2～3時間かけて暗記したが、授業初めに実施されるテストでは70～80％しか正解にならなかった。隣の席の女子学生はいつも90～100点なので、何時間かけて暗記しているのを聞いてみた。返事は「私はすごーく時間をかけて勉強しているのよ！ソーネー、30～60分よ！」それを聞いて、時間かけても成果のない自分にがっかりした。

　中国（蘇州）に駐在中は、家でTVを中国語の字幕を見ながら中国語を聞き、移動の車では中国語の練習の録音を聞き、昼休みには中国人の秘書に発音を教えてもらい、カラオケではテレサテンの歌を中国語で歌うなどして真面目に学んでいたのだが…。

　20歳前後の若者と、60過ぎの老人と暗記力に大きな差があることを知った。暗記や外国語の勉強は、老人には無理なことを知った。この授業は、3ヶ月で受講を中止した。

　神田外語大学の中国社会や文化の講義は非常に充実していた。サンプルとして、当方の提出した論文（付録1）を紹介する。この論文は一年間かけて纏めて、先生に提出したものである。

　この論文は、2007年に執筆したものゆえ、内容は時代遅れかもしれないが、「腐敗」や「幸福」は、今でも重要なテーマで、読者の皆様にも参考にしていただけると幸いである。

　この論文をまとめにあたり、当方の人生の目的「共感」「達成」は、当時必死に頭を整理して発案したもので今でも変えていない。ただ、当時は儒教を誤解し否定的に捉え、儒教呪縛国家日本と表現しているが、その後、10年以上東洋大学で儒学を学び、理解を深め、

現在は肯定的に捉えている。

「日本製造業の未来の為に、機械設計の楽しい人生」の第9〜11回で報告したように、儒教国の中国、日本、台湾、韓国、ベトナムが現在安定し経済成長しているのは、周りの人たちとの共生思想にあると思う。

海外の華僑についても学び、論文（**付録2**）を提出した。この内容は現在でも役に立つと思うのでここに紹介する。

4. おわりに

神田外語大学の受講は大変楽しく過ごし、一年で終了した。

次回の記事では、大学に入学する前に、自分の技術にケジメをつけるために、米国に2週間出張（7ヶ所、6社訪問）して、米国動向の調査を報告する。

参考文献
長谷川和三：日本製造業の未来の為に、機械設計の楽しい人生、日本工業出版㈱、油空圧技術、2019年12月〜 2021年7月号

中国の抱える問題（腐敗の研究から幸福論へ）

神田外語大学大学「中国社会特殊研究Ⅱ」花沢聖子先生
2008.01.15提出 科目履修生 長谷川和三

1. 蓄財について

　孔子も論語の中で、商売に成功している子貢が商売で成功しているのを肯定しており、蓄財を認めている。孟子も朱子も王陽明も、君子は人民のことを思い、人民が心配なく平穏に暮らせることを確保できれば蓄財を否定していない。

　君子の代行である、官吏も同じ立場。判断基準は人民の満足度であり、蓄財の有無と関係ない。

例：王龍渓（王陽明の弟子）
　・日用の飲食声色貨色を極精の学問と見なしている。
　　　　　貨色：財貨・美色
　　　　　出典：陽明学体系「陽明門（中）」p.148　著者：山下龍二
　・悪事を重ね、蓄財に余念がないのは、王龍渓は「習」（宿命）と考える。それでも良知の断たれた状態ではない。そのような明るい期待を彼らによせた。
　　　　　　　出典：「中国思想史の諸相」p.212　著者：荒木見悟

2. 倫理（法−理−情）の優先順位

　2-1　韓非子：法（法律）
　2-2　朱　子：理（道理）
　2-3　王陽明：情（実情）
　2-4　大岡越前裁判：情

3. 腐敗の基準

　韓非子や荀子の時代には、既に法治主義無しでは国を治められない現実が目の前にあった。既に歴史が証明している現在でも、政治家に政治能力より道徳を求めるのが、東アジアの儒教呪縛国家である（日本、韓国、ベトナム、台湾）。政治的に能力のある人材は、実社会では、ごく普通に蓄財が出来てしまう。逆に、蓄財が普通に出来てしまう人材しか政治的能力がないに違いない。自分を豊かに出来ない人が、どうして他人である人民を豊かにすることが出来ようか。

　ここで、「腐敗」と「許される蓄財」との線引きは何であろうか？

　例えば日本では、法を犯していなくても、領収書が無いとはしゃぐ。法を犯した防衛事務次官については業務能力と業績は全く報道されない。政治能力の評価順位は非常に低い。2007年7月の参議院選挙では道徳やバラマキを基準にして選んでしまった。

注）「儒教呪縛国家」は長谷川個人の考えである。

　古くは江戸時代、腐敗の柳沢／田沼時代は国民が豊かで文化も栄え幸福で、真面目な松平定信が経済を駄目にして、人民全員を不幸にした。（堺屋太一説）日本の場合は「儒学の呪縛」の外に成功者や金持ちにたいする「嫉妬心」が加わっていると思う。汚職で摘発される人物は能力と地位にあるエリート、それを囃したてはしゃいでいるのは、その地位になれなかった人で、嫉妬の爆発が公然とゆるされ、楽しんでいる。

　　　　　　　　　　日　本　　━━━━▶　「道徳と嫉妬」

　2007年12月の韓国の大統領選挙は道徳と政治能力とどちらを選ぶかの選択で、政治能力を選択し、日本より大人で現実主義であっ

た。主題の中国の場合、腐敗を摘発する法律がどのようになっているか調査未了で不明。現実には、金額の大小より、むしろ政敵を追い落とす為の口実として利用している。今回、上海市を大いに発展させた市長が汚職で失脚、今後真相が少しずつ明らかになる。

中 国 ───→ 「追い落としの口実」

4. 真の目的は人民の幸福

今の日本の様に、腐敗防止が勝手に目的となってはならない。真の目的は人民を幸福にすること。能力のある政治家を選び、細かいことにびくびくせずに、その能力を100％発揮してもらうことだ。蓄財を優先させないようにするには、使いきれないほどの給与を支払うべきで（定員を減らせばよい）、実業界より給与を多くしなければ、今の日本の様に、優秀な人は政治家を目指さない。日本に於いては政治の世界に「嫉妬」と「道徳」を持ち込まず、中国に於いては、今こそ古来の知恵である「科挙試験」と「不久任制」を復活し公平な社会にすべし。

5. 幸福とは何か

5-1 中国人の古典思想に於ける幸福論

中国古典思想の中では、「個人の幸福」と「理想社会」からのアプローチの2種類あり。「個人の幸福」では長寿、富、身分名声、子沢山、健康が条件。「理想社会」では安心と太平、公平、国家権力から自由など。
出典：第34回公共哲学京フォーラム、幸福共創の思想探索（その2）
　　　2002.03.22 ～ 24「中国思想から見た幸福問題」吉田公平著

〈考察〉
　思想家はそれぞれの立場から、自分が幸福と考える条件を提案している。

　その時代の背景や、対象が個人か家族か、社会によって、幸福の条件が変わる。個人でも、知識層は庶民とは違い、特に王龍渓は現在の自分の情況を他と比較の優越感に浸って満足し、幸福感を味わっているのが庶民的（俗物的）で面白い。

5-2　幸福論分類試行
　試しに、下記の如く分類してみた。

5-2-1 逃避の幸福論（消極的幸福論）
　①死及び地獄の恐怖から逃げる…浄土教、キリスト教
　②欲望、執着や現実社会から逃げる…仏教、老荘、ニヒリズム
　③負け惜しみの幸福論…老荘、吉田兼好
　④静寂孤立の安定を望む…老荘

5-2-2 最低条件確保の幸福論
　①安心な生活環境を求める…儒教

5-2-3 庶民の幸福論
　①毎日の生活そのもの。長寿、富、身分名声、子沢山、健康、縁談、安全を望む…道教、日本の密教、日本の神道、マリヤ信仰
　②優越感を楽しむ…他人より、金持ち／高学歴／高い地位／名誉／大きな家／高いマイカー／ブランド品を身に付け
　③共感を楽しむ…職場、サークル、おしゃべり仲間、学会

5-2-4 積極的幸福論
　①快楽を肯定し追求…ヒンズー教、日本密教、エピクロス派

②知的満足や興奮を追求…儒教、老荘、哲学者

③隣人愛を追求…墨子、孟子、朱子学、陽明学、キリスト教

④楽観主義を追求…陽明学

⑤自然との共生…老荘、自然主義者

⑥創造や達成の喜びを追及…事業家、芸術家、教育家、子供を教
育する親

⑦達成までのプロセスを楽しむ…⑥のプロセス、蓄財家

各人の幸福は千差万別、時代とその人の置かれた情況による。

5-3 現代中国人の幸福論
5-3-1 報道番組の中の中国人

自分の実感やNHKの中国特別番組（「老麦家／鉄麦家」、「5年1組小皇帝の涙」等他数多く）に共通するのは、「今より豊かになりたい」の一心で頑張っている。5-2-4-⑦の子供を教育成功させるプロセスを楽しむに相当する。自分を犠牲にして、子供に将来に託す親の何と多いことか。その毎日の自己犠牲の生活過程を楽しみ、結構幸福なのか？しかし、本人は将来幸福がやって来ると信じて頑張っている。しかし、傍からみて、幸福そうに見えるが、本人は、そうは思わず将来幸福になるという、「おあづけ」状態の幸福。犬は餌を食べている時より、待っている時の尻尾を振る状態の方が喜びの方が大きいように見える。実は達成して得られるものは、それほどのものでもないのではないか？そういえば、日本にも昔、教育ママがいた。

子供という、別の人格に将来を託す。それは事業を育てたり、学問を研究したり、弟子を育てたり、盆栽や芸術等皆育てること⑥⑦と本質的に同じ楽しみか？

これはかなりリスクの高い投資で、投資する親があまり思いつめると、悲劇となる。期待と完成品のギャップが大きい。日本でもこ

れが原因で親殺しが発生する。

　2007年10月の人民大会で胡錦涛は勉強させ過ぎの小学生を救え
と述べた。

5-3-2 元部下達の幸福論
　中国人8名にアンケートをとった。
　実　施　日：2007.01.10
　対象年齢：25 ～ 40歳
　　　　　　日系の蘇州の製造会社の従業員（自分：長谷川の元部
　　　　　　下）とその奥さん
　　　　　　経済的には中の上
　対象学歴：短大以上

5-3-2-1 逃避の幸福論（消極的幸福論）
　①死及び地獄の恐怖から逃げる…0人
　②欲望、執着や現実社会から逃げる…5/8人
　③負け惜しみの幸福論…1/8人
　④静寂孤立の安定を望む…2/8人

5-3-2-2 最低条件確保の幸福論
　①安心な生活環境を求める…6/8人

5-3-2-3 庶民の幸福論
　①毎日の生活そのもの。
　　長寿、富、身分名声、子沢山、健康、縁談、安全を望む…4/8人
　②優越感を楽しむ…1/8人
　③共感を楽しむ…4/8人

5-3-2-4 積極的幸福論

①快楽を肯定し追求…2/8人

②知的満足や興奮を追求…2/8人

③隣人愛を追求…2/8人

④楽観主義を追求…3/8人

⑤自然との共生…3/8人

⑥<u>創造や達成の喜びを追及…6/8人</u>

⑦達成までのプロセスを楽しむ…2/8人

　4/8人（50％）以上の項目（下線）を見ると、日本人と変わらない。

　対象メンバーが経済的に安定しているからと思う。つまり、幸福感はその国の伝統文化より豊かさの要因が大きいらしい（データが少ないので断定できない）。

　中国の伝統にある5-2-3-①「毎日の生活そのもの」（長寿、富、身分名声、子沢山、健康、縁談、安全）が50％しかないのは意外な結果。一方、5-3-2-4-⑥<u>「創造や達成の喜びを追及」（事業家、芸術家、教育家、子供を教育する親）6/8（75％）と非常に比率が高い</u>のは、積極的で精神性の高い集団であることがわかる。ひょっとしたら、元部下達は長谷川と一緒に仕事している間に、長谷川の影響を受けてしまったのかもしれない。また彼らは、このアンケート見るまで、何を幸福と感じているか無意識で、このように分類された項目を選ぶ段になって、その言葉を見て、初めて気がついたかもしれない。

　そしてこの元部下達は5-2-3-②「優越感を楽しむ」が1/8人と少ない。金持ちであることを自慢することが、面子を保つ一番の方法。一見すると、王龍渓より精神性が高い。本当か？　長谷川に恥ずかしくて、正直に記入しなかったのか？　不明。

　腐敗する原因は今より経済的に豊かになりたいからなのだが、実

は金銭は幸福になる為の単なる一つの手段すぎない。金を集めてどうするのか？使うことで幸福になるのか？手段が目的化して⑦の幸福となっている。金を楽しく使うには知識、教養がなければ幸福な使い方はできない。

　2006年秋の大前研一の講演によると、欧米人は死ぬまで金を計画的に使うが、日本人は死ぬ時の財産が一番ピークになっているとのこと。中国人は自分の子の遺産として残すことに幸福を感じるのか？

5-4 長谷川個人の幸福論

　これは時間とともに刻々と変化する。自分及びまわりの親族、友人の幸福を維持向上させる事が日常の生活そのものである。

　自分が満足するのは何か、生甲斐は何かを2007年10月～11月の2ヶ月間必死に考えた。渡部昇一の「生きがい」ワック社を読み直し、その方法通りに、自分の本心に何度も質問し、ノートにその度自分の回答を記述し、その優先順位の質問を繰り返した。結果は「共感」と「達成」に集約された。

　その手段として、一番関心があるテーマを大学で学び、読書し、思考する。先生に「共感」し、本の作者に「共感」し、学友と「共感」したい。その過程を十分味わいたい。

　もう一つのテーマの「達成」は実業界を引退した自分には少し贅沢であろうか？自分の学問のテーマをまとめるプロセスと完成を楽しみたい。

　未だ調査が不十分で、自分ではこの報告に納得していない。時間をかけて纏めたい。

以上

マレーシアの華人調査報告

神田外語大学「海外華人論Ⅱ」花澤聖子先生
2007.11.06提出 聴講生 長谷川和三

A）下記はマレーシアの華人の友人からの報告（修正なし）

1.政治状況

　ⅰ）UMNO（United Malay National Organization）
　　　No.1で政権を担当している。政策を決定している。
　ⅱ）MCA（Malaysian Chinese Association）
　　　No.2で少ししか政策に反映できない。
　ⅲ）MIC（Malaysian Indian Congress）
　ⅳ）Other Parties（small scale）

　30年前政府はNew Economic Policy（NEP）を導入しマレーシア人の資本の企業を助けた。例えば、Public Listed Companyではマレーシア独自資本は30％にしている。また、車の輸入業者は輸入にはApproved Permit（AP）（政府の国産化政策の影響を受け）が必要である。

　今日まで NEPは続いているのは。政府発表ではまだマレーシア資本がまだ 18％しか達成出来ていないとして（しかし民間発表では35％）政府は保護政策をつづけたいので、大きな企業では高速道路や電力会社の如く独占している。

2.経済の影響力

　華人は非常に強く、活動的である。中小の大きさの会社を所有している。時には大会社に参加している。華人の経済力は約60％で、金持ちの70％は華人である。ほとんどの金持ちはゴム農場とヤシ油

農場、リゾート地（高地）、精糖工場、鉄鋼工場等を所有している。

3.華人はマレーシア人と一緒に働けるか

一緒に緊密に働くことができる。しかし、時々、政治的違いによって、緊張が高まることがある。

4.政府との関係

関係は事業の性格による。政府の協力が必要な場合は政府と緊密に関係を作るが、そうでない場合は関係しない。

5.政府の方針をどう思うか、特にマレー人優先政策について

政府はマレー人に特別に有利にし、特別扱いしている。華人の事業家はマレーの会社と直接契約できない。プロジェクトのほとんどはマレー資本に与えられる。

6.中国本土との関係

マレーシアの華人にとって機会は限られている。ほとんどの華人の会社は5年前に、より良い機会を求めて中国本土に行ってしまった。

7. 華人のグループ

沢山あり、例として、福建省、客家など、これらは他の国の同じ出身者のグループと連絡を取りあっている。しかし、社会活動に限られ、ビジネスを含んでいない。

8.人口比率

The population in Malaysia is 26 million comprising of the following races：

Malay：60%　Chinese：25%　Indian：10%　Others：5%

9.いつ来たか

1945年以前で、既に6～7世代になっている。

10.結婚相手

ほとんどは華人同士の結婚。

11.宗教

ほとんどは仏教徒、わずかにキリスト教徒。

12.新聞テレビ

5種類の華人用新聞あり。テレビの中国プログラムは政府によってコントロールされている。ほとんどの華人は契約して衛生放送を受信。

Astro which has many Chinese programs from Hong Kong, Taiwan and China.

13.初等学校

華人専用の学校があり、政府の援助を得ている。政府の援助なしの私立の学校もあり、華人社会グループガスポンサーと寄付で運営している。

14.Secondary Chinese School

全て私立で政府の管理はない。授業料はただで、全て華人社会グループがスポンサーと寄付で運営している。華人はtheir own language（Mandarin）に愛着あり。

15.大学

金持ちの華人の両親の場合は海外の大学を選ぶ。Secondary Schoolを終えると、Mandarinを使用している台湾や中国本土の大

学に進む。

　マレーシアの大学入学の割り当て制度を実施しており、割り当ては下記

　60％：Malay origin　30％：Chinese origin　10％：Other origin

16.食事

　華人は家でも外食でも中華料理を食べている。

B）山下清海編集「華人社会がわかる本」

　野島剛「(2) マレーシア・イポーの優れもの」
　マレーシアの華人は現地と融合せず。福建、広東の南方中国の雑然とした雰囲気と自由闊達な気質を保って生きている。

　「ブミプトラ政策」：マレー人を下記の3つで優遇。
　①教育：大学の入学割り当て
　②就職：公務員の優先採用。
　③経済：企業で一定株式のマレー人所有の義務

C）長谷川の体験

①KL（クアラ・ルンプール）
　首都でマレー人がほとんどで華人は目立たない。女性は頭にショールをつけイスラム色が強い。

②ペナン島
　華人が80％占める。非常に大きな仏教寺院（極楽寺はマレーシア最大）が多く、中国本土には多い道教寺院が見あたらない。観光と工業団地で非常に豊か。

③ジョホール・バル

　シンガポールと道路と列車が繋がっている。華人が経営する会社を訪問。事業に成功し、中国本土にも工場を造った。訪問した時期が華人の日本のお盆に相当し、盆踊りをやっていた。マレーシアの華人はマンダリンを大事にしているが、インドネシアの華人はマンダリンを知らない。教育そのものが禁止されている。シンガポールの高校生はマンダリンでなく英語で会話しているのを見た。つまり、東南アジアの中でマレーシアの華人が一番中国文化を大事にしていると思われる。

以上

米国への出張（北端から南端まで）
自分の仕事にケジメ

第2回

　2007年4月より、会社での仕事を週一回に減らし、週四回大学に通学して、中国文化研究の学問三昧に耽る計画であった。それに向け、3月末までに自分の専門の永年（約40年間）の圧縮機技術にケジメをつけ、後継者に技術を伝承するためや、今後のビジネスの見通しの情報を得て整理する目的で、今まで交流した米国の技術者や経営者と最後の打ち合わせをすることにした。約2週間、米国の北の端（Buffalo）から南の端（Florida）まで、7ヶ所を訪問した。

　下記の記述で技術の詳細の説明は、一般読者には専門的過ぎて理解いただけない箇所は、飛ばし読みいただきたい。米国の現役やOBの情報を確認することによって頭を整理し、永年の仕事のケジメのつけ方を参考にしていただきたい。

- 目的：米国圧縮機関連調査
- 期間：2007.1.8 ～ 20

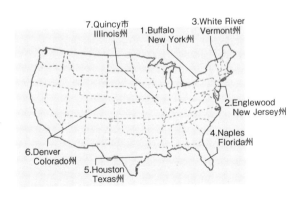

1.Cameron（Cooper）社（旧JOY社）

・2007.1.8～9　・New York州 Buffalo市
・汎用ターボ圧縮機工場で、今回約10回目の訪問

　当方がIHIに入社後、1972年に日本にIHI-JOYという合弁会社が設立されて、出向し、当時汎用ターボ圧縮機の技術で世界No.1のJOY社の技術を学んだ。JOY社は今回の訪問時は既に、Cameron（Cooper）に買収されて名前が変わっている。

　既にIHI-JOY社は解散し、事業はIHIに買い取られ、旧JOY社との技術ライセンスは終了しているが、当時は競合会社の立場となっている。従って今回は、昔の友人という立場で訪問し情報交換した。

　1月9日の朝、ホテルのロビーで、何と日本の空気分離装置メーカーの太陽日酸の設計課長にバッタリ出会う。彼らは、上海や韓国のユーザーに多くの仕事に使用する圧縮機をCooperに発注しており、今回は新しいプロジェクトの引き合いで、発注前の確認打ち合わせとのこと。昔はIHIの大事なユーザーで何度も注文を頂いたのだが、逃げられたのだ。

(1)面談者：受注工事のエンジニア（古い友人）
①出荷状況

　昨年の出荷台数600台で新記録。内大型が約70台。欧州の経済の好景気によって大きく伸びているとのこと。特に東欧が多い。他には南アメリカ（メキシコ、ブラジル）や中央アフリカの銅関係の伸びが大きい。
②体制の変更

　三年前、製造とエンジニアリング以外の営業、サービス、資材、管理、経理、本社部門すべてCameronの本社であるHoustonに移った。BuffaloからHoustonまでは飛行機の乗り継ぎで7時間必要。

社長も年に一度しか来ない。開発部門の上司も Houston にいる（今回初めて訪問予定）。

③日本対応

　日本の空気分離装置メーカー等のユーザーに対応するために、横浜の TUV（ドイツの会社）という検査会社を使用している。KHK（高圧ガス保安協会）の承認を得るための日本語への翻訳をさせている。

④韓国対応

　韓国は、昔は ASME 基準の仕様でよかったが、独自の基準ができたため、対応に苦労している。

⑤欧州対応

　CE マークの中の PED 規格に対応するため、圧力容器のメーカーが限定される。欧州と米国両方を使い分けている。BOGE 社との提携は現在なく、ミラノの組織を充実させている。28名。イギリスの組織はもう使っていない。担当者もイギリスから帰国した。

⑥増産対応

　昔は、機械加工は2交代の24時間稼動、組み立てと運転は16時間稼動であったが、一年前より、3交代に変更した。加工は週6日稼動、運転は週7日稼動。

　現在の社長は前社長に比べると、積極的にリスクを取って事業を拡大させた。

⑵面談者：エアロ　エンジヤ（責任者）（昔の先生）

　・Winy STARCD のソフトを使用。

　・ソフト代：200,000USD（16CPU）

　・ヴィジョウン CFD 使用

　・エアロ設計は9名、プログラマは4名

　　（エアロとは流体技術のこと）

　空気分離用はインペラー、ディフューザを全て一個一個設計して

いる。4年前の2倍の注文がある。インペラーは鋳物を使用せず全て削り出し。

コンピュータの容量を大幅増強した。ガス圧縮機はCO、CO_2、天然ガス等20台以上の納入実績あり。

エアロエンジニアは全米で200名ぐらいか。

(3)面談者：汎用ターボの設計部長

・目標
①コストダウン
②Management
③拡販のためのパートナ探し
・上司の期待
Management

(4)工場見学：古い友人の案内

・原価の70％が購入品。
・スクロール加工用のターニングの増設機の据付中。
・受注増でスペースが不足している。

(5)生産管理の件

ドイツのSAPというシステムを5年前に導入。最初の1年間は混乱。毎日の日程が管理されている。情報はベンダ、ユーザーとやり取りし、電話で確認することは不要となっている。設計も毎日進捗を投入する。

以上、IT導入で大幅な合理化と生産性の向上ができた。オラクルに同じようなソフトがある。

〈長谷川解説〉
日本の経済学者（伊藤元重、川本、ロバートヘルドマン等）によ

ると、日本の一流企業以外（日本全体の80％）は、このIT分野が
4〜5年米国に遅れてしまっている。それが原因で経済、成長が欧
米に比して異常に小さいとのこと。ある意味では、この分野で日本
が追いつけば、欧米並みの成長が期待できると解説している。システ
テム構築は日本のソフト会社より、むしろ米国で実績の多いオラク
ルの話を聞くのが良いと思う。

(6)その他

　普通なら4時間ぐらいかけて工場見学するところであるが、現在
競合会社であることを考え、50分ぐらいで駆け抜けた感じ。当然
のことではあるが、一番重要な開発棟を見ることはできず、開発担
当とも会えなかった（ドタキャンされた）。20年以上付き合いの3
人は会ってくれ丁寧に説明してくれた。

　以上が訪問時の記録であるが、その後この会社は、IR（Ingasoll
Rand）社に買い取られ、Cameron（Cooper）社の製造部門は中国
蘇州に移設された。技術部門はBuffaloに残っている。

　追記：「機械設計の楽しい人生」で既に記述したが、ギヤターボ
圧縮機はドイツのデマーグが発明し、製品化したもの。しかし、ド
イツには標準化技術がないため、コストが高く普及しなかった。米
国JOY社が標準化しコストを大幅に下げたので市場に普及したの
だ。これはドイツのベンツが発明し
たが、米国フォードが量産化して普
及した自動車の歴史と同じ。

〈昔の記憶〉

　30年ぐらい前、流体設計のソフ
トの使用方法を学ぶために初めて訪
問し、1週間指導を受けた。毎日米
語しか使用しなかったので、夕食後

写真1　当時の商品
（汎用ターボ圧縮機）

出張報告書を書くのに日本語を忘れてしまい、日本語で書くのに時間がかかった。先生からは、毎日本当に親切丁寧に教えていただいた。

その後、流体設計だけでなく、基本技術や文化を学ぶため、何度も訪問しているが、初めて訪問する日本人はかならず、ナイ

写真2　ナイアガラの滝

アガラの滝を観光している。Buffalo工場からは、車で1時間ぐらいの場所にある巨大な滝だ。国境を越えカナダまで行くと、より巨大な滝を見ることができる。その後、初めてBuffaloを訪問した日本人をいつも案内した。

毎晩、夕食を共にする時、日本人として日本文化の話題を提供する必要がある。自分の専門の技術の英単語は知っているが、日本文化を説明する英単語は知らなかった。そんな時は、出張前に日本文化を英語で解説した本を読んで一生懸命単語を覚えた。夕食時には話題を提供し、解説できなければ盛り上がらないのだ。とにかく、米国人は会食時によくしゃべる。それゆえ、仕事と関係ない話題を数多く提供し合い、しゃべらないと交流できないのだ。

米国食は前菜、中菜、本菜、デザートと4回ぐらい出てくる。中国では、回転テーブルの上にあるものを自分の好きなものを、好きなだけ取ればよい。しかし米国式は、日本式と同様の個人別で前菜が終了しないと中菜が出されない。そして、その量が非常に多い。当初この文化を知らないで、前菜を100％食べたら、満腹になり中菜や本菜を食べることができなくなってしまった。その後、失敗をしないために少し食べて、食べ終わったことを示すため皿を横にずらし、次の料理を待った。この方法を、皆さんも参考にしていただきたい。

2.ACME社

・2007.1.11 ・New Jersey州 Englewood
・歯車メーカー（今回初めての訪問）
・目的：歯車の製造技術勉強と歯車手配先開拓
・面談者：社長および技師、見積もり担当

(1)スラストカラの当りの件

調整代を残さず図面寸法通りの加工を実施し、当り調整をしない。日本で使用しているゴールデンマスタも使用していなかった。

検査工程において、スラスト面の測定を測定器（M&M PRECISION SYSTEM）で実施し自動記録する。

写真3 完成歯車の精度を測定中

記録のコピーを入手。記録では寸分のずれもない。ACMEの加工は特殊ではなく、汎用NC研削盤で歯の外形と同時に研削している。

〈長谷川解説〉

IHIはIHI-JOY社発足時、図面に80％の当りを出すことを指示したため、日本ギヤメーカーは加工代を残し、ブルのスラスト面を測定。それに合わせて、ピニオンを研削する方法を取った。その後、調整スタンドに搭載し調整をしている。以来、その方法を当時まで踏襲している。ACMEの方法を実施していないだけで、我々も最終測定確認工程を追加すればできるはず。ACMEは同一測定器で歯型の検査と同時に実施。日本のギヤメーカーの歯型検査機で測定

できる機能があれば新たに投資はいらない。

(2)ACMEの心配事

・エレクトリカルランナウトの不良

　最終検査でエレクトリカルランナウトがどうしても不良になることがある。脱磁しても駄目。対策として、外形を加工してスリーブを入れる。実機ではオイルシールの位置ゆえ、スリーブは入れられない。

・推定原因

　材料の成分の不良、硫黄分過多？組織の不良、焼きばめ時や窒化時の加熱による切削熱による。

　社内の不良実績について調べる。アメリカの材料は良くない可能性がある。

　今回の対応は全て社長（62歳）自ら実施してくれた。日本が大好きで、良い関係がつくれると思われる。ただし現在円安で価額はあまり期待できない。

(3)ACMEの問題点

　熟練作業者の確保困難なこと。工場の場所はNY郊外で周辺に3〜10億円の住宅が林立する場所。

(4)レベルアップの方法

　今回の発注分の検査時に社内の検査の代行で訪問し、製造技術の実態を把握するのが良いと思う。

〈感想〉

　我々日本人は思い込みが激しいので、自分の仕事の仕方が正しいと思いこんでしまうことがある。今回の如く、他国の文化や技術を観察し、学ぶことで、見直すことが必要だと思う。

3.Concept社

- ・2007.1.12　・Vermont 州 White River
- ・ターボ圧縮機の流体設計ソフト会社
- ・世界の最先端技術の会社で今回3回目の訪問
- ・訪問目的：エアロ技術の進捗調査
- ・面談者：Dr.Japikse（CEO）吉中司氏
- ・挨拶者：Anderson VP Japikse の後継者のようだ。
- ・夕食会食：Keiling 氏 P Proxi Air から転職。事務系で経理等を担当してきたが、社長に昇格。

(1)インペラー

　一般工業用は特に進捗無しターボチャージャ用として、高圧力に対応するため下記3項目。チタンの鋳物、鍛造アルミ削り出し、羽根の根元を厚くする。

(2)ディフューザ

　可変型が採用されてきた。前回訪問した時は、九州大学の妹尾先生が発明したLSD*を議論したが、当時LSDは画期的であった。引き続き九州大学の先生が研究している。

(3)スクロール

　舌が難しいと言っている。
　Q. 長谷川：スクロールでも減速させる設計はしないのか？
　A. Japikse：しない。増速しないようにするだけ。理由は、ユーザーに対してリスクを取りたくないため。

(4)長谷川の考えに対するコメント

　長谷川：ターボ圧縮機は歴史も永く、Concept 社等が技術を公開

していることもあり、どのメーカーも差がなく、特徴がない。IHIとしては何か特徴を持ちたい。何かヒントはないか？　ディフューザの件は、インペラーの効率は既に十分高く、ディフューザのロスを如何に減らすかがポイントと考える。

————二人同意

そのために、Ⓐ減速距離を短くするのと、Ⓑ空気の通路断面の接触面積を最小にすべきと考える。

————二人同意

吉中：パイプディフューザがその理想になっている（**写真4**参照）。

長谷川：Ⓑについては、チャンネルディフューザの断面をできるだけ円に近くする。Japikse：コーナを丸し、楕円にするのがよい。

長谷川：Ⓐについて実際にストールが発生するのは、スロートまでゆえディフューザのスロートを過ぎた所から減速を早くするため、テーパにする方法はどうだろうか？

Japikse：賛成。特許になっていない。実施されているはず（実は、長谷川が昔出願していた。日本では成立のはず）。

吉中：パイプディフューザの入り口は中央をえぐった円弧にする（**写真5**参照）。

Japikse：ディフューザの形状は眉型でも直線の棒でも性能の差がでない。入口と出口を丸めれば。

写真4

写真5

〈長谷川感想〉

　吉中氏のパイプディフューザ案に感動した。これを一歩進めて、何本かのパイプを容量によって、少しずつ塞ぐことによる容量調整が構造的に簡単に可能と思い、特許を出したいと思った。

⑸Conceptの組織

　Japikse氏は社長を引退し、会長、CEO.社長はKeiling氏。空気分離のProxyair社出身。Buffaloの当方の先生が心配していたが、技術の後継者は副社長のAndersonのようだ。

　彼は昨年名古屋に5回も出張した。Keiling氏曰く。ものすごいユーザーといっているのでトヨタかMHIと推測する。トヨタが自分でターボチャージャを開発し始めた可能性がある。圧縮機メーカー等の動向を知るため、Japikse氏やKeiling氏に色々聞いても口は堅く、全くしゃべらない。彼らの対応は正しい。顧客秘密厳守である。

　問題ない情報として、ソフトを納入した中国と日本の大学のリストはくれた。

〈長谷川感想〉

　本日は遥か北の果て（Vermont州）までわざわざConcept社を訪問（3回目）し、尊敬するJapikse氏や吉中氏と議論できて最高に幸せであった。過去の2回の訪問時は、自分のレベルが低すぎて議論が十分できなかった。おまけにドーズコードで有名な英国のドーズ教授が来ており（歴史上の人と思っていた）、一緒に写真と撮った。楽しい議論ができて、来た甲斐があり、あーもう死んでも良い（論語：朝に知れば、夕に死すとも可なり）。

4.Minter 氏（JOY 社元社長）訪問

・2007.1.13　・Florida 州 Naples
・目的：JOY 社元社長との個人面談

　圧縮機の今後の見通しや他圧縮機メーカーの動向聴取するため、北の果を出発して、最南端のフロリダ半島を訪問した。
　Minter 氏は北の寒い気候の Buffalo 市の Cooper 社の社長引退後、冬は暖かいフロリダ（海水浴している）に住んでいるので、彼に会うため今回当方は初めてフロリダのネイプルを訪問。

(1)今後の圧縮機の見通し
　プラントエア（一般工場圧縮空気のこと）については意見無し、空気分離用は今ピークであるが、従来5年サイクルゆえ、5年後、半減する見通し。

写真6　ネイプルの海岸
海に突き出した橋を歩くのは非常に気持ちよく楽しかった。

他圧縮機メーカーの動向
　IR（Ingasoll Rand）がイタリアに移った理由はコストであろうが、ユーロ高になってしまった。米国本社の意欲が失せたのか否かは解らない。
　Cooper Bessemer 社は殆どエンジン等の製品の製造を止め、儲

かるアフタマーケットだけをやっている。

　昔話に花が咲いた。彼は社長時代、IHIに対して本当に好意的であった。IHIの汎用ターボ圧縮機が存在するのは、正に彼のお陰である。Sulzer社と違い、ライセンシーのIHIに技術開発をゆるした。そして、IHIが開発したインペラーを使用する決断までした。結果は当方の先生（JOY社の流体技術者）の反対で実施せず、その後先生が自分で開発した。この話を当方に楽しそうに話してくれた。また会食中も、老後引退し暖かいフロリダに住み、昔の友人が来て昔話を楽しむと話してくれた。会食後、当方は海岸の暖かい砂浜の散歩を楽しんだ。一月で北は雪なのに、ここは暖かく快適で、訪問者はみな幸せである。

　引退後の人生の過ごし方の例として、非常に参考になる。

5.Cameron本社

・2007.1.15　・Texas州 Houston市
・初めての訪問
・Cameron（Cooper）社の最高責任者と面談
・面談者：Roper副社長、一年前に就任
　　　　　Cooper Bessemerで30年の経験者。過去に経理、アフタマーケット、管理等を経験。現在マーケティングと販売の責任者。
・目的：アメリカの圧縮機メーカーの現状と今後の見通しを聞く

⑴IR（Ingersoll Rand）社のイタリア引越しの真相
　アトラスに続いて業界№2のIRの動向は自分も関心を持って注目している。事業内容の公開情報を毎年見るとよい。Plant AirについてそこにはFIX or SELLと記してある。IRにとってPlant Air部門（Plant Airとは工場用圧縮空気のこと）は重要な事業ではない。

⑵Cooperの状況と今後

Cooper Bessemerは10年前ガスタービン駆動ガスコンプレッサをロールスロイスに売却した。CooperはGardner Denverも手放した。ガスエンジンコンプレッサ等のエネルギーシステム部門がCooperのターボ圧縮機部門より重要である。

①Plant Air用圧縮機

コストだけが勝負のPlan Air事業は社内の中で優先順位は低い。従って、中国に工場等作るつもりはない。中国の人件費も何時まで安いか不明。この分野は技術に殆ど差はなく、ユーザーも技術に関心がない。性能も関係ないのでは？（米国は電力代が日本よりかなり安価なため）コストダウンだけが一番重要。

TA2020はコストダウンが目的で開発した。25％のコストダウンに成功した。ここHouston工場で製造している（200kWクラスで3段圧縮のTA2000を2軸2段にアレンジし直した新機種。効率よりコストを優先）。

②空気分離用圧縮機

利益のあるこの分野は大事にしたい。エアエンド（圧縮機本体）以外の調達組み立てを中国向けに検討はしている（Roperの名刺の裏には、自分担当のブランド名が列記してある。11個のブランド名が記してあるが、順番の最後にBuffaloの機種MSG,Turbo-Air、JOYの三つのブランド名が記してある。つまり、Buffalo機種の優先順位は最後で11個の機種の内の3個である）。

⑶長谷川からの申し入れ

CameronがPlant Air部門に関心がなく、どこかへ売るつもりなら、IHIにも声をかけてほしい（自分の上司よりの指示事項→回答：了解）。

⑷感想

　Roper氏の責任範囲の中ではPlant Airは馴染みがなく、ゴミのような存在であると思われる。今までの自分の育ったエネルギー部門は金額も大きく愛着もあるのだろう。今回、Plan Airの市場の話になると思い事前に勉強しておいたが、彼には関心がないので、その話にならなかった。

　当方は15年前、部品点数を減らす一体化の設計で、当時最新で差別化できた。技術が普遍化し、日本の他社も真似し、韓国でも同じものを製造できる時代に、独自の特徴を出すことは天才でもいなければ不可能だ。ターボ同士の競争で特徴を技術説明する時代は基本的に終わっている。過去の成功を何時までも期待してはいけない。日本の技術者は夢から覚めて欲しい。

　Cooperマーケティングの担当や技術部長の上司は、この事業に関心がなく虚しい立場で哀れを感じる。Buffaloの設備投資をあらためて見ても、インペラーやスクロールの加工機は全て空気分離用である。今回の工場見学を思い出すとPlant Air用に使用していた森精機のラビリンス加工機2機の場所はインペラー加工の5軸に置き換わっていた。Plant Air用のギヤ箱は、以前当方が紹介した韓国メーカーに加工付で外注している。Cooperの新機種は前述のTA2020と全くアレンジを変えたTA9000。当方と同様、断管配管を一体化。インタクーラの向きを90度変えた。

　その後、Cameron（Cooper）社はPlant Air部門をIR（Ingersoll Rand）社に売却した。

〈閑話〉

　フロリダもHoustonも道路を走っている車は、トヨタのレクサスだらけ。現場の運転手いわく、レクサスはベンツと同じ品質と性能で価額はベンツより圧倒的に安いからだと。そういえば、高級車ベンツは一台も走っていない。アメリカ人は見栄より現実主義者。

日本のコンプレッサ事業方針にも参考にならないか？　スズキの車を目指すのか、ベンツを目指すのか、レクサスを目指すのか？圧縮機に高級品を欲しがる顧客はいるのか？スズキで十分？　いずれにしてもベンツはないね！

6.Sundyne社

・2007.1.16　・Colorado州 Denver市
・今回3回目の訪問
・高速モータターボ圧縮機の技術持つポンプの会社
・面談者：Jeff Wiemelt副社長（前回会っている）
　　　　　Maceyka氏開発担Director
・目的：高速モータの技術情報交換
・経緯：Sundyne社とは北欧のHST社の最先端技術の高速モータの特許を買い取っていることから接触し始めた。前回はSullair社の兄弟会社という立場ゆえ、工場見学までできた。今回の訪問は3回目。技術責任者Mabe氏はMaceyka氏に交代しており、初めての面談（当方は以前、IHI-Sullair社の社長を務めた）。

※数年前HST（フィンランド）の特許の使用権を得るための交渉目的で、HSTを訪問したが、既にSundyne社に売却されていることを知り、Sundyne社を訪問し使用権を交渉したが断られた経緯がある。

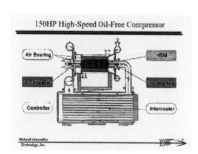

第1図　高速モータ使用した圧縮機例

⑴Sundyne社の技術

・ソリッドロータの特許（高速モータの特許）はHSTから買っているのでSundyne社のもの。逆にHSTから特許使用料を徴収している。

・磁気軸受けの技術はHSTが所有しHSTから技術供与を受けている。

・HSTは曲げモードを超える技術あり（この技術がないとギヤなしの高速モータ使用のターボ圧縮機は成立しない）。

⑵Sundyne社 Maceyka氏の申し入れ

IHIのロータは、Sundyne社で開発可能なので、是非やらせて欲しい。

モータおよび磁気軸受けおよびコントローラを供給する。

IHI回答→持ち帰って検討する。

⑶解説

前回訪問した時は未だ実機に使っておらず、今回のこの様な積極的な自信にあふれた態度に驚いた。開発成功実績ができ、開発責任者が積極的なMaceyka氏に交代したからであろう。

⑷情報

Sundyne社は石油化学用のポンプとターボ圧縮機を製造しており、IHIとは機種が競合していない。日機装と合弁会社を持っている。圧力が高く、流量係数の小さいインペラーが多い。化学プラントゆえ、故障しないことが最優先で効率は要求しない。

写真7　化学プラント用
プロセスガス用コンプレッサ

ユーザーは高速モータには関心がないので、高速モータを使用しても価額アップは認めない。従って、せっかくの技術だが用途が少ないのが残念とのこと。高速モータは軸受けとインバタのコストが高いことが問題。

・共通認識：工場には積層ロータを使用したインバタモータ使用直結のポンプが試運転待ちであった。他には2ピニオン、4段の水素圧縮機が運転待ち。

　インバタは、Cutler Hammer 社（USA）を使用中で価額的に競争力あり。

第2図
（出典：Sundyne社ホームページ）

(5)長谷川の個人的意見

　Sundyne社はモータ（積層）も歯車も自分で作っており、今回Sundyne社の申し出を受け、彼らで開発する場合の①開発費用と②製品コストと③開発時間を知ることによって、IHI自身の今後の方針を決める重要な参考にできると思う。そのStudyで成立したら共同開発してもよい。

(6)IHIが自力で今後進める場合（案）

　Mx（高速モータを使用したターボ圧縮機）は当方が提案してから、もう7年以上研究している。
　①技術
　②市場性
　③コスト全て満足できない状態
　一方磁気軸受けや高速モータ技術は、今後も回転機械を事業とし

て続けるにはなくてはならない要素技術である。現在育った高級技術者がいなくなったら全ては終わり。提案の詳細はここには記述せず。

〈感想〉

　当方は、技術者として市場にない最先端の技術を使用した新機種を開発することが大好きで、それに集中してきた。晩年、中国に進出しろと上司に命令され、中国の会社を立ち上げた。立ち上げ終了し帰国したら、開発組織の体制が縮小しており失望した。本件も当方が責任者なら進捗させるのだが、立場が違う。この分野で人生を楽しみたいのだが、できない。残念！

写真8　Table Mountain

写真9　カーボーイ

(7)Denver市観光

　朝ホテルの周りを散歩したら、Table Mountainが観えた。山の上場がテーブルになっていた。宿泊したホテルの名前もTable Mountain Inn。Denverはカーボーイで有名で、街の中にカーボーイの像があちこちにあった。

7.Gardner Denver社（GD）

・2007.1.17〜18　・Illinois州 Quincy市
・今回3回目の訪問
・レシプロ圧縮機メーカー
・面談者：Gillespie Director Sales
　　　　　　　Chew Director After Market（窓口）
　　　　　　　Mays Marketing Manager Reciprocating Compressors
　　　　　　　Stratman Manager Customer Service
　　　　　　　Fry Aftermarket Support Manager
　　　　　　　Johnson Senior Technical Services Representative
　　　　　　　レシプロ圧縮機の構造に非常に詳しい。75歳位。
　　　　　　　前回のメンバーと全て異なる。
　　　　　　　変化が大きい。
・同行者：IHIの工場の技術者
・目的：WNの部品の相互供給
　の可能性確認、他情報収集。
　WNとはIHIがJOY社から技術
　導入した汎用レシプロ圧縮機
　で、品質と性能の良さで、当
　時日本の市場で№1になった。
　1960年頃、JOY社はこの分野
　を分離し、Gardner Denver
　社に売却した。レシプロ圧縮

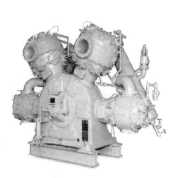

写真10　WN圧縮機

機は吸入と吐出弁とピストンリングが消耗品で、非常に大きな
アフターマーケットで、大きな利益をもたらしている。
・結果：主要部品の技術情報交換に成功。社長が変わって以来、
　買収を繰り返し超優良企業になっていた。その手法は非常に参
　考になる。

(1)三星のターボ販売提携の件

・中止済み。

・理由：スクリュウの販売チャンネルで、やってはみたがターボ
は売れない。中国のIHI寿力社と類似の方法。

(2)旧JOYの水噴射スクリュウは販売

・販売中止。

・理由：ノーコメント

(3)PET用圧縮機

・WNは10台位製造後製造中止。

・理由：英国のBellirs and Morcomを買収し、この機種の方が
WNより競争力があるので。IHIが関心ある場合は直接Bellirs
and Morcomとコンタクト可。

(4)WNの現状

112S、112、114、114Kは製造継続中。工場には114、114Kのフレ
ームはない。

アルゴンガス、N2ガス等の用途に対応との回答であるが、年に1
～2台で、統計をとっていない。工場から見ると、実際にはブース
タ用のみと思われる。生産台数については、出席者は誰も知らなか
ったが、工場を見たところフレーム数で112型が月5～6台。

20年前に技術の進歩は停止している。対応設計者いない。

(5)CNG圧縮機

Bellirs and MorcomがCNG専用機を開発し販売中。米国のマー
ケットは小さい。IHIが関心ある場合は直接Bellirs and Morcomと
コンタクト可。

(6)ガス圧縮機

Sundyne社以外のガスは対応していない。

(7)IHIの部品販売説明

・IHIのバルブには関心なし。

・GD製WNのバルブの寿命のほうが長い（8,000時間）。

※簡単に信用しない方がよい。技術屋が居ないのだから。

・ピストンリングのプランジャとガスケットに関心あり。

(8)Gardner Denver社の経営報告書の内容（2005年版）

Ross J. Centanni氏は、会長、社長、CEOを一人で兼任。

売り上げ（1,214Mドル）は前年度と比較すると、64.2％増加、営業利益（売上比約10％）は95.1％増加。株価もこの5年で3倍以上になっている。

〈長谷川解説〉

この社長は、CooperにGDが買収された時（14年前）にCameronからやって来た（Chew氏説）、現在はCameronから独立。今までの田舎の会社から脱皮し、次から次へと買収を繰り返し（リストの19社中12社を彼の時代に買収。内5社が大きい会社。Chew氏説）、自社の弱い機種（旧Joyの水噴射スクリュウ、WNのPet機種、GDのオリジナルのレシプロ）を切り捨て、世界に通用するグループに育てた。昔、水噴射で世界に悪名知れ渡るドイツのGVMに出資したと聞いた時には、頭がおかしくなったのでは無いかと疑ったが、今日、経営実績報告書を見ると驚くばかりである。

買収された会社の中には、前述のBellirs andMorcomの他、Quincy圧縮機（小型のスクリュウの専門会社で、元GDの人間がGDに対抗して作った会社とのこと。Chew氏説。ChewはQuincy圧縮機にいたが合併されて、GDの社員となった）やTamrotor（北

欧のスクリュウのエアエンド専門メーカーと思う）や名前はどれだか不明であるが、アフタマーケットの海賊部品を専門に商売している会社を買収したと聞いている（これが利益に貢献しているのかな？）。一人の天才が会社を大ブレークする実例は、アメリカの経営大学院の絶好の勉強材料！　20年前、JOYのMinter社長にGDを訪問したいから紹介してくれと頼んだ時、彼はGDをVery Americanと評した。つまり田舎者という意味で、「長谷川君とは交流ができないとして紹介してくれなかった。そんな元田舎者」が国際買収を繰り返している。

　英国のCompAir社も同じ様に買収を繰り返し、世界第三位の圧縮機メーカーに一旦はなったが、破綻し、1ポンドで売られてしまったのは皆さんご存知の通り。

　その違いは何か？　GDは自分の弱い機種を平気で冷酷に廃し、強い機種を残した。

　一方CompAirは競争機種の機種調整をせず、グループ内に残した。今回GDが自社の弱い機種（水噴射スクリュウ、WNのPet機種）を切り捨てた話を聞いて、経営の真髄を目の当りにすることになった。

　CooperのPlant Air部門が売りに出されたら、GDが一番の候補だろう。

(9)工場見学

　約15年前訪問した時は、GDのレシプロ圧縮機を一番多く加工、次いでポンプで3番目にWN圧縮機と記録してある。今回圧縮機の加工が全くなく、ポンプだけ。ポンプは今絶好調とのこと。組立場（3交代シフト）では、WN112のフレーム組み立て中のものと出荷待ちのものが合わせて7台ぐらいあった。基本的にはBellirs and Morcom製を残し、昔訪問した時の中心機種のGDオリジナルレシプロ圧縮機は生産中止したと思われる。WNはブースタとクランク

の入ったフレームだけ（これをパワユニットと呼び、ユーザーがピストンとシリンダ部分を取り付けると言っている）の販売と考えられる。15年前に比較すると、レシプロの需要が大幅に減少したのが最大の原因と思われる。一方、石油の高騰でレシプロ高圧ポンプの需要激増状態。50ドル状態は高騰の範囲。

　部品倉庫を確認したがWNの部品が大量にあり。バルブは自社で製造。

⑽日本のペットボトル用市場

　同行者の報告によると、東洋製罐、吉野工業の様な製缶屋が壜をつくる時代は終了し、もう増設はない。その理由は、かさばるので保管や輸送が無駄、消毒工程が大変だからである。そのため膨らます前の状態の原料で飲料工場に出荷し、飲料工場で膨らますやり方に変わった。従って、必要な圧縮機に大きさは、現在のIHIのメニューでは容量が大きすぎて対応できない。

　一方、GDやアトラスはPET用の圧縮機メーカーを買収し対応している。IHIの今後の対応としては、まず日本のこのマーケットサイズを調べ、その上で海外の可能なメーカーを探し、IHIが日本の市場に参入するのがよい。この市場はIHIの部品供給市場として重要。現状IHIではこの市場の大きさを知らないので、海外メーカーと協議できない。WNをベースとする機械ではGDが生産中止した様にコスト高で成立しない。今回のBellirs and Morcom製でもよいのか、他にもメーカーがあるのか調査が必要。ただし、コスト高な日本では作ることだけは考えない方がよい。アトラスやGDのやり方を参考にすべき。

8.米国旅行まとめ

　筆者はプラントエア（工場圧縮空気）用の圧縮機の開発者として

現役時代を過ごしてきたが、60歳を過ぎるとラインから外されて、ただアドバイスする立場になり、今回米国のプラントエアの市場を客観的に観察することができた。

　7ヶ所の訪問で、当時の米国の特徴は、会社や事業の売買が日本に比べて非常に多いことが解る。米国の経営者は現在の自社の事業や商品に対する愛着はなく、優先順位はビジネスとして、今後も成立するか否か、事業が拡大するか、否か、なのだ。つまり、需要と供給を冷静に見通し、将来を考えるのだ。経済学では当たり前のことだが、当方みたいな典型的な日本の技術者は将来の需要よりも、現在の機種や技術に対する愛情が強すぎるのだ。

　現代の日本の経済も、当時の米国に似てきて、会社や事業の売買が増えてきた。読者方も、自分のビジネス将来を客観的に考えていただきたい。自分の所属するビジネスが売られても、新しい会社で自分が必要な人材か、役に立つ人材か、否か、客観的に自分を評価して、社会が要求している能力は何か、自分に不足しているのは何かを考えて欲しい。そして、将来に向けての情報を集め、今後の準備をしていただきたい。

第3回

東洋大学に通学開始
（生き甲斐を求めて、中国哲学に没頭）

1. 東洋大学受講実態

　東洋大学には2007年4月から週三日通学した。主に中国哲学（宋明儒学：朱子学、陽明学）を中心に学んだ。特に大学院の演習の授業は、受講生が数名で文献（中国語）を順番に予習し、資料を作成し発表する形式だった。

2. 発表例

　下記は、当方が大学院の授業で発表した試訳の参考例である。中国語の文献を翻訳し授業で配布の上説明し先生に指導いただき、学生と内容を議論した。

　この予習には多くの辞書を使用し、解読するのに土日を利用し随分時間がかかった。しかし、内容そのものが楽しく、また受講者と皆で議論できるので充実した授業であった。

馮友蘭の朱子学の再構築
（ふうゆうらん）

「中国哲学演習Ⅲ【木曜・1限】」吉田公平先生
2007.7.12提出 科目履修生 長谷川和三
テキスト：陳来編『馮友蘭語粋』第三章　9 ～ 10頁

(1)試訳
①馮友蘭の思想の中で特色のある貢献は、科学が人に積極的知識を提供したのとは同じではなく、哲学は人に積極的実証知識を与えるだけでなく、哲学の根本任務である、人を「安身立命[注1]」にする

ことだと指摘した。哲学の検討課題は、「人生の意義は何か」という問いに解答することである。もし哲学の勉強が何らかの効用があるとするなら、それは即ち哲学によって人がより高い精神の境地に到達出来ることだ。中国の古代哲学では、昔から「為道」と「為学」の分野とされ、馮友蘭のこの種の哲学理解は、はっきりと中国文化伝統の特色に浸潤している。

②馮友蘭は、人は皆、宇宙人生（普遍的人生）に、ある程度自覚と理解を持っていると考える。この種の自覚と理解を一緒にして「覚解」と称する。人の覚解は、即ち、自分の具え持つ意義について理解している普遍的人生である。人のこの種の覚解はとりもなおさず人の心の境地を構成している。普遍の「理」は客観的ではあるが、しかし人によって理解は同じではない。人の心境は主観的で、覚解の程度、水準は同じでない。それゆえ、心境の高低はまた同じではない。

③おおよそ、人の心境は4種類に分けられる。自然心境、功利心境、道徳心境と天地心境。その中の自然心境の覚解の程度は最低で、天地の心境の覚解が最高である。

④この4種類の心境分類は、簡単に述べると、自然心境は、人は自己の行為について自覚の意識がないことである。その行為が生産的であろうが、芸術的であろうが、道徳的であろうが。

⑤功利心境は自覚的に利益を求める心境である。この利は自己の為の私利である。道徳の心境は自覚した義（正義）の心境である。義は社会の公道徳の義を指す。

⑥天地の心境は人が、全世界が一つに合体した心境に到達したことの自覚を指す。自然心境は自覚がない。他者に対する世界は混沌である。天地の心境は自覚と万物は一体で、また混沌でもある。しかし前者の混沌は原始的混沌で、後者の混沌は後から得た混沌である。二つの混沌を分けてみると、後者は更に一つ上のレヴェルの混沌だ。

⑦一人の天地の心境の人がいて（注：仮定法と理解して訳した）、彼が自分の行為や遭遇した事ついて、すっかり、一種の新しい意義を自覚し、また一種の素晴らしい社会を自覚し、また世界に対して直接責任を自覚したら、その上、楽天の楽しみを持つことになる。

⑧このように、馮友蘭は既に、あのいつも哲学者達が解答しにくい問題「哲学は何の役に立つか？」に一つの有力な回答を与えた。それはつまり、哲学は人に心の境地を高めることができる学問であり、人を最高の心境に到達させることができる学問であるという回答である。

⑨哲学の用途は実際の事柄の知識や才能を増やしているのではなくて、人の自分の生活態度を変えさせて、人に世界的な一種の理解について進歩させ、一種の人格、胸襟、気象を体現させる。このことが人の心に役立つ。

・馮友蘭

1895年12月4日〜1990年11月26日

20世紀中国の哲学研究者。新儒家の一人。字は芝生。堂号は三松堂。河南省南陽府唐県の出身。

1915年に北京大学の哲学科に入学し、1919年にはコロンビア大学に留学を果たす。アンリ・ベルクソンやジョン・デューイ、バートランド・ラッセルの影響を受ける。

・陳来

中国の思想史家。北京の出身。清華大学国学研究院院長、同哲学系教授。ハーバード大学、東京大学などの客員教授を歴任。東アジアの朱子学受容の比較研究の第一人者で、日中韓の文化に儒学がどのような特色を与えたかを研究の主題としている。

(注1) 安身立命：身を落ち着けるところができ、心のよりどころを得る（小学館中日辞典）
(注2) 為道：道を究める
(注3) 為学：学を究める
(注4) 宇宙人生：世界共通の人生
(注5) 覚解：馮友蘭「中国哲学簡史」最後一章人生的境界 添付資料（p.10-11）
(注6) 天地：世界、宇宙（広辞苑）　世界、境地（小学館　中日辞典）
　　　宇宙（大字典）
　　　空間的にみんなにとって（「日本 漢学」吉田先生よる講義　6/19）
(注7) 楽天：天の理、自然の理を楽しむ　境遇に安んずる（易経）（漢字源）
　　　天理を楽しむ（大字典）　楽天的である（小学館　中日辞典）
(注8) 気象：情況、情景、景色、様子（小学館中日辞典）
　　　宇宙の根元と其の作用である現象（広辞苑）
　　　その人の生まれつきの性質、気性、様子（漢字源）
(注9) 体現：（ある事物がある性格を）体現している、具体的に表している
　　　「体現」は言葉・行動・発展や変化を通して精神や事物の性質などが間接的に表されることである（小学館中日辞典）

3.Excelを使用した整理方法（その1）伝習録

　宋明儒学を理解するために、受講している吉田公平先生の著作「伝習録」の内容から、朱子と王陽明の思想を比較表にして頭の整理をした（第1表参照）。

　当方は技術者ゆえ、新しく学んだ思想を整理するには、こうした比較表を使用するのが習慣となっている。本を読み直さなくても、この比較表を見れば簡単に思いだすことができるのだ。

4.Excelを使用した整理方法（その2）腐敗の研究

　本連載第1回で「腐敗の研究から幸福論」で腐敗の基準を報告済だが、項目、内容、原因、対策を比較し、整理したものがある。

　我々技術者はExcelで整理するのが習慣になっているのだ。

　以上のように自分の関心のあるテーマを整理して分析するのは楽しい仕事（？）なのだ。次回は夏休みに集中して、宋明儒学を学ぶ

ことに没頭し、頭を整理し、「新しい生き甲斐」へのきっかけを報告する。

参考文献

（1）東洋大学中国学会：「白山中国学」、通巻15号（2009年）
（2）吉田公平：「伝習録」、タチバナ教養文庫

第1表　伝習録比較表

	『伝習録』吉田公平著 朱子	2007.6.9　長谷川和三 王陽明
経緯	孟子の性善と中庸の天命謂性を結合した。性即理と表現を改める。大學の礼記より三綱領と八条目が修人と治人を統一的に叙述。	朱子学の主体（内）と客体（外）の分裂に懊悩。
大學理解	1）格物から平天下に至る八条目巴実践者が取り組む順序階梯を示す。要厳守。 2）修身は格物・致知・誠意・正心の四条を包括。格物・致知は認識で、誠意・正心は修身。 3）格物（致知）とは一事一物（社会的人間関係）が内包する理を究明しそこに普遍的意味（定理・天理）を汲み取ること。持敬・居敬を実践することにより、自然に誠意に展開すること。 4）知と行とを、時間的に先後に、価値的には軽重と区別。	渾一的思考で 三綱領も八条目も努力する階梯でなく、渾一者の部分表現。格物を主客関係を正しくすると訳した。正しくする主体が良知・明徳。本来完全である良知明徳を発現することを致良知・明徳という。良知（主体）の客体に対する働きかけそのものを意という。働きかけが主客関系【物】を生む。実現させるのが誠意。
持敬・居敬性即理	本性は気質（身体）を主宰する心に賦与。気質を媒介して気質の性として発現。心は性（気質）に制約される。本来態の実現を目指す中間者の意識の持続を要請。中間者はついに中間者にしかありえない為に、常に不安につきまとわれる。この不安を本来善であることを確信し、本来の賦与者である天を信頼して、絶対的な安心を得、自らを天との緊張感におき、本性の発現に努力する。この工夫を持敬・居敬という。	現存する心が主客の場で天理を発揮実現。自己責任で天理を発現創造。 性善説：人間の本質は本来完全であるから根源的に悪の世界から既に救われているという確信に根ざした、自力による自己実現・自己救済。
格物窮理	天の意思（天命・天理）を理解すること。天の意思を体現した聖人の言行、実現された現象世界を理解して、それを素材にして、あらためて普遍的意味を抽象し天の意思を確認して、おのれの言行の規範準縄とする。これを格物窮理という。	格を正しくする。物を主格関係と解釈。格物をみずからの本来性を発揮する行為と定義した。
物理	主体者が客体（対象物）に働きかける時のあるべきありかたをいう。	認識主体とは無関係に客観的に存在する一物が内在する真理と誤解。
知と行	行を重視するが、知ることが先	知と行の実態は分別不可。実践強調論でない。事上磨錬。事において磨き鍛える。
本性		原是無善無悪的――108条 惟性善則同耳――134条 この矛盾は方便か？

第2表　腐敗問題研究

No.	名称	腐敗の内容	出典
1	二千年来の宿痾		②東洋大学吉田教授の講義「中国哲学史」 ③蘇州拙政園 吏が引退後作った大庭園。蘇州には類似の私の庭園が数多くあり、その内2〜3が世界遺産になっている。 筆者が何度も訪問。
2	公共機関の公司設立	市場経済導入後、公共機関が公司を設立し商業行為に手を染め、特権を乱用し、密輸や偽物作り。	「異色ルポ中国繁栄の裏側」村山宏、日経ビジネス文庫 p192-193
3	市場での横流し	中央からの生産計画命令をごまかし、市場での横流しなどで、金儲けに走った。	「異色ルポ中国繁栄の裏側」村山宏、日経ビジネス文庫 p203
4	土皇帝	県より下のレベルの書記は土皇帝と呼ばれ、地元の絶対権力者に変貌し、自派の人物を県長や郷長に指名。	「異色ルポ中国繁栄の裏側」村山宏、日経ビジネス文庫 p219
5	共産党独裁横暴	①これまで管理してきた国営企業を自分の財産に変えてしまう。 ②無錫のある国営企業が民営なる時、共産党幹部が株を独占した。	①「中国反日の末路」長谷川慶太郎　p188-189 ②筆者が無錫人から聞いた話。2005年 ③花澤先生11／26授業
6	歴史上腐敗が無い時は最極貧	腐敗がないのは毛沢東時代のみ。極貧で千万人以上餓死した。	東洋大学吉田教授より聴取。

原因	対策
①昇官発財（金持ちになる）と官尊民卑が伝統的考え。（花澤先生11／26授業） ②官吏の官は中央から派遣された官僚で有給。 官吏の吏は地方の役人で無給で手数料（口利き料）が収入。官は現地語が解らないので吏が通訳するが、実際には実権を握る。 ③これは腐敗でなく、吏を何年も勤めれば、結果として自然の蓄財が出来てしまう。	1.反腐敗闘争（花澤先生11／26授業） 1950：朝鮮戦争 1951：三反運動　一万人実刑 1953：新三反運動　経済発展に法が追いつかず、汚職が大量発生 1961：四清運動（農村：人民公社の帳簿チェック）、新五反運動（都市：汚職など） 1966　文革（独裁制：汚職無し、格差無し、全員貧乏） 1978：改革開放　先富論
国家予算では関係者の生活を向上出来ない。	2.最近の政府の対策 ①早い裁判 ②早い処刑 ③見せしめ処分
文革時代に地方政府の機能を破壊した反省から、地方政府の権限の強化。	④10月の人民大会の対策3項目 ⑤上海で公務員の昇格試験開始（NHKTV報道） 目的：公平を期す為。
書記は選挙の洗礼を受けない。何年も一つの場所に留まれる。下のレベルの書記は居座りがはなはだしい。	3.過去の歴史： 宋代以後の官僚制度の特色は「廻避制」と「不久任制」が主流。この制度がなければ官僚の汚職と、地方勢力との結託を防ぐことが出来ない。中国有史以来の官界構造の特色に起因する。
1.地方官僚の国営財産の私物化。行政のチェック機能がない。 2.組織上の問題：（花澤先生11／26授業）権限は組織の筆頭責任者に握られている。「一把手」 党が幹部を管理。 チェック機関である規律検査委員会が機能しない。権限を持っている人が権益を守るために、腐敗を無くすことが出来ない。	「それでも中国は崩壊する」黄文雄ワック社 P119 「廻避制」：南方出身者が北方へ、北方出身者が南方への派遣。地縁的関係を防止。 「不久任制」：同地に長期間任用せず、しきりに配置転換。
清貧な政治家は自分も民衆も豊かにする能力が無い。日本も同じ、江戸時代腐敗柳沢／田沼時代は豊か、清貧松平時代は大不況。（堺屋太一の本）	

5.夏休み研究レポート

　夏休みが始まり、朱子や王陽明に関する本を中心に読んだ。

　特に、受講中の吉田公平先生の著作「伝習録」（陽明学）と「陸象山と王陽明」のノートを参考にしながら読んだ。下記が当時の夏休みの日記であるが、真面目に中国哲学の研究しながら記録し、自分の考えを整理することができた。

5-1 2007年夏休み研究日記

中国哲学夏期休暇　研究レポート
2007.9.17／長谷川和三

■内容

・中国の古典／「伝習録」吉田公平著読書録
・「陸象山と王陽明」吉田公平著読書録
・ブータンの仏教／「幸福の王国を求めて」NHK放送記録
・王陽明記念館（余姚）訪問
・北宋の儒学者：範仲淹記念館（蘇州）訪問
・美濃岩村藩（佐藤一斎）　記念館訪問
・新約聖書マタイ伝〈5〉　読書録
・振り返って

(1)中国の古典：「伝習録」吉田公平著読書録

〈8月16日 07:39　伝習録①〉

　一昨日、吉田先生の授業のノートを読み直し、昨日よりこの本を読み始めた。たちばな出版の本より、詳しく先生の解説が記述されている。結局王陽明の特長は物事の割り切り方が卓越していると感ずる。よく言えば明快、悪く言うと乱暴。花と草の議論では老荘と同じ思想。

55

〈8月18日07:34　伝習録②〉

　朝は何時も哲学の時間と決めている。抜本塞源論で万物一体論を展開している。吉田先生の解説では「万物と融合することではない、万物が本来あるべきあり方のままに存在することを理想として、そうでない場合、その本来のあり方を回復させる努力を強調」とある。

　自分の感想では、是は当に反儒教で、老荘思想そのものであり、積極的老荘思想と見る。厳しい儒学（朱子学）に疲れた真面目な学者が癒しを求めているように見える。

　また王陽明は、万人は全て聖人としてしまう、王陽明は悪人正機説の親鸞に似ている。法然があって親鸞が生まれたのと、朱子がいて王陽明が生まれた。そしていずれも、後者の方が極端。いずれも前者より苦労の多い人生を送っており、本人自身が救われたいと言う気持ちが前者より強い。

〈8月18日16:55　伝習録③〉

　抜本塞源論：魯迅の「狂人日記、孔乙己、祝福、藤野先生」を読み直した。中国人（人間）は恐ろしい。うわべ儒学の当時の中国をえぐりだしている。この小説の影響が残ったままで、王陽明の楽観主義に空しさを感じつつ、「伝習録」抜本塞源論を読んだ。

　王陽明はここで、功利主義を完全否定している。これは人間否定と同じではないか？自分の本来の性を否定し、偽りの自分になるのか？功利主義は人間社会の進化の歴史のまさにエンジンではないか！功利主義を適度のコントロールし、社会との調和を図るのが聖人の生き方と思う。それが釈迦の中道で孔子の中庸のはず。利を全く求めないのは偽りで、もっと自分に正直になるべきだと思う。

　王陽明の過激で不遜で自信過剰な論理展開に対して、吉田先生はこの本の中で彼を一生懸命弁護しておられる。「…世間知らずのドンキホーテか？　しかし理想主義が掲げられる時はいつもそうなのではあるまいか？…」また是を楽観主義としながらも「現実を見る

眼のするどさ、それをはねのけていく力強さ」と評しておられる。

〈8月25日12:07　伝習録④〉
　読み終わったのは8月20日だが、少し時間をおいて、まとめを書く。
①背景
　この本を読んでいる時期、同時に魯迅を読み、黎波の「中国文学館」で陸遊、魯迅、蘇東坡、関心のあるところを拾い読みし、NHK仏教特集を全部ビデオに撮って見た。その印象を持ったまま、「伝習録」を読み終えた。
②吉田先生の印象
　恐れ多くも、本の中の先生の印象を述べさしていただくと、先生の王陽明に対する思い入れの激しさに圧倒された。彼の言葉を全て善意で受けとめられている。王陽明はそれだけ全人格的に魅力ある人物と思われる。
③長谷川の王陽明に対する印象
　楽天的で非常に思い込みが激しい。自分の頭の中で理論的にはっきりさせたいという気持ちが強い。曖昧が嫌いですっきりしたい性格。正義感が強い。孔子や朱子より人生に真面目で実務能力も比較にならないほど優れていた。
④王陽明の思想
　この本を読んだだけで、意見を述べるのはおこがましいが、王陽明に関する他の本を読む前にこそ感想を残しておきたい。
　王陽明の無善無悪説や万物一体／一気流通論は荘子や仏教とほとんど同じと感じる。また彼のいう良知も仏教で使う仏性とほとんど同じ。つまり、朱子と差は仏教との影響の差ではないか？　仏教では仏性とは一切衆生が本来持っている仏としての本性としている。当方は学者ではないので、王陽明の良知の考えが仏教から来たもので、根拠は、あれこれと追求することには関心がない。自分が面白

いと思うのは、仏教と陽明学が一番大事なところで同じだと言うことで、是こそ東洋思想の肝ではないか！　王陽明自身は荘子や仏教の影響とか、同じと言われるのを嫌っているようだが。料理屋の看板が違っても、出される料理は同じで、最高であれば良いではないか。普遍性があるということだ。

⑤長谷川の考え

　人間にとって、自分が幸福になり、周囲も幸せになることが一番大事。そのための宗教であり、哲学だろう。王陽明は良知に頼り、禅（仏教）は仏性（本来の自分）を一生懸命さがしている。ブータン仏教は他との関係を最重要とし、それなくしては、幸福は無いと言い切っている。一方禅は自分探しで精一杯で他人のことなど没関係だ。中国人の禅寺の慧能は、親鸞と同じように誰でも救われるとし、教養のない下層の庶民を救った。王陽明も誰でも聖人だとし、個人差は純金の重さ差で、皆純金と言った。面白い例えだ。

　庶民にとって、幸福の思想が誰の考えだかは関係ない、誰が本家か関係ない。一番いいとこ取りして、最小の努力で聖人になったり、仏性を見つけたりすることだ。見つけるのに何日も修行したり、考えすぎて気が狂ったりするのは真っ平だ。修行を何年もしなければならない人は、不幸にも最初の進む方向を間違え、仏性から反対方向へ出発し、遠い世界に行ってしまい、元に戻るのが大変な人だろう。釈迦はそうではあるまいか？彼は回り道をしてしまったのだろう。無知蒙昧の人ほど簡単に悟れるのではないか？

　山の頂上（悟り）を目指すのに、一合目から出発するのか、またはバスで五合目まで行きそこからおもむろに出発するのか、はたまた、五合目からはロープウェイでらくして一気に頂上へ。登山家は登ること自体を楽しむ。つまり修行者は登山家と同じで、悟り（頂上）のことより、修行自体を快楽として味わっている。

　中国で社員と一緒に黄山に登った時、中国人の若者はロープウェイがあるのに、自分の足で登山し、登山を楽しんでいた。ロープウ

ェイを使用して登った私は、少し寂しい思いをしたのだ。自分は、実は修行者が修行で楽しんでいるのを羨ましいと思っているのだ。目標を目指して努力する過程は楽しいのだ。

⑥儒学と仏教

　魯迅が旧社会と戦っている時、中国の士大夫は何をしていたのか？　中国の儒教徒は教養のある特権階級で、庶民に対しては仁の心はなかっただろう。中国の歴史で庶民のための反乱を指導したのは、皆道教ではないか！　儒教には慧能や親鸞のように庶民を救った聖人はいない。日本には大塩平八郎がいた。たった一人??

⑦自分の幸福

　自分は自ら大衆を救いたいと思っている訳でない。自分はできるだけ安全地帯に逃げ込み、安全地帯から、自分の出来る範囲を見極めて生きている。今回乏しい知識を基に、仏教と陽明学の比較を楽しんだ。貪欲さの限度のない自分は、今より知的に充実した生活を求め、故人の思想を学ぶ毎日が、登山者の如く、登山そのものを味わい楽しむ。美味しい料理を食べる快楽と同様、美味しい料理屋を探し求め、最高に贅沢な人生を味わってゆきたい。

(2)ブータンの仏教「幸福の王国を求めて」NHK放送記録

〈8月19日07:13　NHK仏教特集第3集〉

　深夜NHKの再放送をビデオに撮り、再生して見た。第1、2集はインドと韓国で内容では、風景以外は面白くなかった。特に五木寛之のコメントはつまらない。早送りで飛ばした。

　昨夜見た、ブータンは大いに感動した。

・町の人のインタビュー

　皆全員、現在毎日が幸福で、他に欲しいものはないとこたえる。死を恐れない、今とても幸せだから、来世でも仏教徒になりたい。

・カルアンウラ氏　（知識人で僧侶でないようだ）の説明

①国として

「国民総幸福量」の大きさを大きくすることを掲げている。欧米型の物質型幸福を求めない。

②仏教の基本

人と人との関係が大切で、是が幸福の基本、自分だけの幸福はあり得ない。

③悟り、縁起、無我

これらの単語も、日本人の解釈と異なり、全てとの関係、他との関係が大事と解釈している。

④平和、非暴力、同情（慈悲）、寛容

番組の中で、何度も何度も他人との関係が大事だと説明された。

⑤輪廻を信じている（実は釈迦は輪廻からの脱出を説いた）。

・一体是が仏教か？

表現方法が多少違っても、他人との関係が最重要という目標は儒教と同じと思う。違いを記せば、

①儒教は道徳、生活規範的、ブータン仏は完全に信仰。

②朱子や王陽明はあまり幸福に見えない。ブータン仏教徒は皆幸福。深い信仰。

たった60万人の王国だが、まさに桃源郷！　西洋文化と中国哲学に染められた自分は信じられない世界だ。

(3)王陽明記念館（余姚）訪問

〈8月1日　中国旅行（6日目）余姚〉

寧波から余姚までタクシで移動。途中、保国寺と河母渡遺跡に立ち寄る。

・王陽明の記念館

今回の旅行の目的は、当方の学問の中心の一つが陽明学であるが、

王陽明の故郷余姚を訪問すること。余姚は日本語ではヨヨウと読み、中国語ではイヨウと読む。パソコンで中国余姚のサイトを開いても、王陽明は出てこない。河母渡遺跡（**写真1**）が出てくる。現代中国人の関心は王陽明にないことが解る。泊まったホテルは河母渡賓館。フロントは遺跡がモチーフになっている。日本では王陽明の遺跡の情報は全く得られなかったので、着いて直ぐ、ホテルのマネージャーから情報を仕入れる。何と歩いて10分の所に王陽明記念館あり。ホテルの前の通りの名前が陽明路ではないか！　幸運であった。早速訪問。陽明の勉強部屋（**写真2**）や寝室等を再現している。日本人の陽明学に関する出版本も置いてあり、私の先生の本もあった。訪問者は私だけであったが、最後に王陽明の伝記をビデオで見せてくれた。ヒヤリングが駄目な私でも字幕のおかげで楽しむことができた。ビデオのDVDを売ってくれと交渉したが失敗した。時間をおいてホテルから電話で再度交渉したが駄目であった。是非欲しい！帰国後大学の先生から正式に依頼することにしたい。大学の教材として、大変役に立つと思う。ホテルへの帰りに人力車で陽明ゆかりの龍泉山へ、碑には王安石の文字もある。山の上の陽明亭を訪問。

写真1

写真2

〈8月2日　中国旅行（8日目）紹興〉

　昨日は郊外を見学したが、きょうは市内見学。ホテルは魯迅西路ゆえ、そのまま東へ歩くと魯迅の遺蹟ばかりが連なっている。このホテルも咸亨酒店といい魯迅がよく来たところだとか。

・魯迅故居

　魯迅の住まい。代表的な中国式家屋。水瓶の大きや、雨水を水瓶に溜める仕掛けや井戸など。

・百草園

　魯迅が子供の時の遊び場。

・魯迅記念館

　魯迅の生い立ちから死ぬまでを展示してある。2階建てのエスカレータ付きで大型記念館（ここだけ冷房あり）（**写真3**）。

　魯迅は、金持ちの生まれであったが父親が没落。学資に不自由し、費用の安い南京で勉強し、その後日本の仙台に留学。仙台に行く前、東京で日本語の勉強をしている。その日本語の終了証書の発行人が加納治五郎となっていた（**写真4**）。折江省出身の留学生の記念写真を見ると一つの省でこれだけの留学生を日本に送っていたのかと驚く。この省は大金持ちばかり大勢いたと見るべきであろう。周恩来や蒋介石等。世に折江財閥と言う。私が蘇州に居た時、蘇州から杭州に移動する際、杭州に近づくと、三階建ての一戸建ての美しい住居が多いのに驚く、日本人より圧倒的に豊かな人が大勢いることが解る。現在上海人の約半分はここの出身者で、商売が上手く成功している。魯迅の仙台時代の内容は東洋大学安部教授の「魯迅の仙台時代」に記載。実は昨日（8月10日）大学の図書館で借り、夏休み中に読もうと思っている。

写真3

写真4

写真5

・越王台、越王殿

　タクシで府山へ。越王台（門）をくぐり、階段を登って越王殿へたどり着いたら、待望の雨が降ってきた。これで少し涼しくなるはず。越王殿は、呉越の戦い、呉越同舟、臥薪嘗胆、会稽の恥、傾城の美女西施等全て越（現在の紹興が都）と呉（現在の蘇州が都）の春秋時代末期の紀元前5世紀の話である。私は蘇州に住んでいたので、呉の王様の史跡は全て、何度も見ているが、越を見たいと常々思っていたのが、今回実現した。越王殿の内部の壁に美女西施を呉王夫差に献上して、それを諫めた呉の将軍が自殺させられた話が画いてあり、薪の上に居る越王勾践が描いてある。臥薪嘗胆（**写真6**）。

写真6

写真7

　ここで夕立の止むのを待った。勾践は呉を滅ぼし、その後、楚に吸収される。

　越王台（**写真7**）の中で何と範仲淹（ハンチュウエン）の特別展示をしているではないか！　彼は易中庸によって道徳の本源をさぐり、周二程子、朱子、王陽明の儒教革新の先駆け。蘇州出身で政治の実務の後、蘇州で学校を創った。展示の説明では、ここ紹興にもいたとのこと。外は雨のおかげで涼しいが、展示室は無人で気温45℃？　5分以上留まると確実に卒倒する。自分は生涯の研究テーマを未だ決めていないが、蘇州に居た頃、山の麓の公園にあった範仲淹の展示が、記憶にあり。蘇州が好きゆえ、彼の研究をしようかと漠然と思っている。実は二

日目の杭州宋城の園内に範仲淹の銅像があり、一緒に写真を撮った。何だか知らないが、彼は私に早く研究を開始しろと督促しているのかな？　少し待ってくれと未だ自分の知識の範囲を広げている最中だ。しかし何でこんなところでめぐり会うのか？

⑷美濃岩村藩（佐藤一斎）　記念館訪問

〈8月23～24日　美濃岩村藩／佐藤一斎〉

　信州木曽、美濃を旅行した。辰野は岡谷から電車で10分のところで、天竜川の源流。15年前ここの工場に勤務した。工場に相談したい人に会い、昔、自分の開発した機械を良く観察し、現在着想中の発明が上手くいくか確認した。夜は5～10才先輩と会食し、老後の生活の苦労話で、自分に間近に迫る老後のシミュレーションをした。

　目的地は第3セクターの明智線の美濃（岐阜県）の岩村町。恵那駅から乗り換え。訪問先の社長と会食中に、ここは佐藤一斎で有名と聞きビックリ。あの江戸の儒学者がここ出身？急遽昼食後郷土記念館へ。黒曜石のやじり展示があったが、それを集めた人物の名前の表示を見て、社長曰く「わが社の従業員の名前ではないか！　彼は仕事以外にこんなことしているのか！　びっくりだ！」

　佐藤一斎の肖像画の掛け軸と書が展示してあった。2001年に小泉総理大臣が衆議院本会議で一斎の言志晩録の「若くして学べば…」を引用し、田中真紀子大臣に「重職心得箇条」の一個条を渡しことから、一斎が全国に知れ渡った。最近記念館の前に一斎の銅像を建て、小泉総理大臣の書が碑として立っている。ただ一斎はここに住んだことはなく、岩村藩の江戸屋敷で生まれた。ほとんど江戸住まい。ここには藩の学校跡がある。

　山城の岩村城（**写真8**）の天守閣址に登り、見下ろしたが、木が大き過ぎて、見晴らしはあまり良くない。周辺には江戸時代の風情が残っている。城の起源は鎌倉時代の頼朝の伊豆の戦いに功績があ

った家来の城。信長の頃、城主は信長のおば（女城主）であったが、敵の甲斐武田と組んだため、滅ぼされた。森蘭丸が城主になったこともある。思いがけなく歴史の勉強をしてしまった。最後に、同行した社長にもっと金を儲け、天守閣を再建するのを目標にしてくださいとお願いした。いい一日であった。

写真8

(5)「陸象山と王陽明」 吉田公平著 読書録

〈9月17日 「陸象山と王陽明」（最終版）〉

①読書環境

　8月26日から読み始めて、完読するのに今日まで3週間もかかってしまった。その間、蘇州旅行一週間、名古屋／京都／大阪／浜松旅行4日間、会社に出社2回。旅行にはこの本を携帯し、毎朝2時間ぐらい読んだ。図書館の本ゆえ、本に書き込みができず、要点や感想をノートに記録しながら読んだ。吉田先生の博士論文とのことゆえ、先生の集大成で、あとがきには卒業論文から、早くも25年になると記してある。普通、一冊を3〜4日で読む自分にとっては、三週間は非常に永いが、25年の集大成を読むには短か過ぎる？

②陸象山

p.102：陸子は北宋の道学の先駆者を認めることを全くしていない。

p.103：陸子の思想行動は朱子批判を最大眼目にして思想形成し、批判をテコにして思索立論していた。

p.129：陸子の学問論は「大いなるものを立てよ」の一語につきる。「大いなるもの」は本心そのものであり、「立てよ」とは自力で確立すること、つまり自立することである。我々万人は

本来天から完全に善なる本性を賦与されている本心を確信
して、本来完全なる本心を自力で自己実現することである。
陸子は孟子の告子編上に立脚。端緒をさえ明晰に把握して
そこに立脚できたなら、あとは本心が自ら自己救済を企図
するのである。

〈感想〉

　この本で、陸子の議論は孟子を根拠に立論とのことと読解しまし
たが、思想内容は仏教「仏性」のパクリに思える。中国人としての
プライドの高い陸子は根拠を類似の孟子に探したと推定される。中
心思想が仏教と同じであることは、それだけ本質的に普遍性がある。

〈時代背景〉

　何故この様な楽観主義者が出現したか？北宋時代の外交は軍事力
によらず、お金で対応したところは平和ボケの現代日本と同じ。現
代日本の多数の世論、ほとんどの政治家が極楽トンボで陸子の超楽
観主義と同じ。戦後62年間も戦争しない世界でも珍しく平和な日
本は、超楽観主義の国家を実現した。

③王陽明

p.168：前の病気がぶり返した。そのため、諦めて仏老を学んだと
　　　　ころ、仏老の学問に覚醒した。--後に龍場に流されたおり、
　　　　仏老の学問が十全でないので思索をこらしたところ、更に
　　　　からりとこの頭脳を発見できた。まことに痛快。

p.169：程朱が仏老は真理に近似するが故に真理を乱す、陽明のの
　　　　めり込みはこれを地でいったもの。仏老の道を近道と理解
　　　　した。朱子学が提示する聖人の道は煩雑困難なものと。

〈感想〉

　王陽明のこの時期の考えと自分は同じで、近道の方がよいと思う。
荒木先生の「仏教と儒教」を早く読んで、同じ部分と、違う部分を

整理したい。

p.178：「物」とは一草一木などの個別的客体そのものをいう。所謂
　　　自然科学としての物理学は見る主体としての人格がその物
　　　体といかなる関係をもつか問題にしない。
〈長谷川の仮説〉
　中国で物理学、自然科学が発展しなかったのは、周易が古来あり、
これを大事にして中身を疑わなかったためでは？　易は自然原理を
割り切って理解し、当時偉大なる自然科学理論であったが、内容が
立派過ぎたために、その後、それを疑って見直すガリレオが現れな
かった。

p.352：資質に差異のある現実をふまえて、各自の分限を満開させる。
〈感想〉
　現代に通じる素晴らしい文章だ！　禅と同じだ！　容易ゆえ、普
及した理由だ。

p.389：極言すれば、性善説、徳知主義が否定されたところでこそ、
　　　政策論の独自の発展をみるものであろう。
　　　一気流通論による「教養」論、徳知主義、万物一体論の思
　　　考の枠組みに拘束されてしまい、一気の流通しない、徳知
　　　主義の効力の及ばない三人称としての他者一般を構想する
　　　ことができなかった。これは明代社会の文化的政治的構造
　　　そのものである。
〈感想〉
　この文章は素晴らしい。まさにその通りと思う。冷静に新儒学の
欠点を抽出指摘された。こうした考察を始めて見た。大いに感動し
た！　東洋、中国、日本は欧米に比べて誇るべき文化が多くあり、
劣等感を持つ必要は全くないが、しかし、日本、東アジアの政治や

民主主義があまりにも欧米に遅れているのは、市民革命を経験していないから。野党政治家は今回の参議院選挙でも財源根拠のない、所謂バラマキのマニフェストで勝ってしまった。ローマ市民のパンとサーカスと同じではないか！　特にジャーナリストは幼稚で政治家に道徳を要求する。現中国共産党を含めて皇帝の徳知政治しか知らず、近代政治に未熟なため。日本では自分達が未熟であることを自覚していないため、改善の努力がない。事実を報道せず、政治を三面記事にしてしまうジャーナリストの罪は重い。

③性善説のゆくえ

　p.409：戴震は血気（欲望の源泉）、心知（理を創造）という気質が人間の本質と主張。万人が欲望をもつ存在であるという事実から出発して、それが満たされて、しかもなお社会秩序が維持される。そのような理を個々人が心知を活用させて、後天的に発見することを主張する。発明した性善説は先天的なものから後天的なものへと転換した。それは一つの発展形態であると理解するのが妥当。

　荻生徂徠の政治思想は自力主義の宗教から開放されて、政治それ自体が独立したと言う意味では政治思想史で画期的成果。一方戴震は自力主義から離脱していない。その意味では政治は道徳、徳知主義から自立していない。

〈感想〉

　吉田先生も当に政治は道徳、徳知主義から自立していないことを指摘された。わが意を得たり、クリントンは道徳的にはスキャンダルまみれであったが、政治能力を認められ失脚しなかった。日本ジャーナリストは政治家のお金で大はしゃぎ。米国と比較して、何と大人気ないことか！戴震の「気の哲学」は自分の信条と同じようにみえる。現代の現実態を観察すると、それが必然と思うが如何？戴震を読みたくなった。

⑤この本で得た知見
　　・陸王学は本質で仏教（禅）と類似。
　　・儒学は近代政治、民主主義に適合しない。
　　・戴震にめぐり合えた。

⑥今後の勉強計画
　　・陸子を読む。
　　　今回陸子は当方を感動させなかった。
　　　小路口先生の「即今自立」を読む。
　　　今月中に読み終えるか不安。
　　・陸王学と仏教（禅）のどこが違うのか研究
　　　荒木先生の「仏教と儒教」を読む。
　　・戴震の研究。
　　　著述を読む。

⑹北宋の儒学者：範仲淹記念館（蘇州）訪問

〈8月31日　北宋の儒学者：範仲淹〉

　4月から儒学を勉強しているが、何度も範仲淹の名前に出くわす。蘇州駐在時、郊外の風景地区：天平山で範仲淹の記念館に遭遇し、蘇州出身の立派な儒学者であることを知ったが、当時は儒学を勉強するつもりはなく、展示内容も中学生向けレヴェルであった。しかし、蘇州が大好きな自分は彼の研究が一生の研究テーマになる可能性を意識してきた。一ヶ月前の中国旅行で、杭州で範仲淹の銅像に巡り合い、紹興の範仲淹の記念展示会に遭遇した。今回蘇州を訪問した理由の一つはこの様に範仲淹が私を呼んでいるかかららしい？

　8月31日に天平山を訪問（3回目）した。驚いたことに、前の記念館には何もなく、新しく立派な範仲淹の記念館（**写真9**）が建てられているではないか！　昨年10月に開館と記録してある。展示もガラリと変わり、大人の教養人に耐えられる展示にバージョンア

ップしていた。彼の生涯、足跡（中国中を移動している）、記念物（模倣品：本物は省都の博物館しか展示されない）が展示されている。範仲淹が私を呼んでいる理由がやっと解った。新しく展示館を用意したから、私に早く見てもらいたかったのだ。範仲淹の研究は範国強（彼の30代目子孫、北京大学教育学博士）と範止安（30代目、範国強の弟か？、香港在住）が実施しており、その研究文集が本として並べてあった。私のでる幕はない。

　記念のパンフレットか本を買いたいが、何も置いていない。何もないのは非常に珍しい。どうしてないのかと捨て台詞をはいてここを後にした。

写真9

(7)新約聖書マタイ伝〈5〉　読書録

〈9月9日　新約聖書マタイ伝〈5〉〉

　訳があって、9月9日の日曜日にキリスト教の教会を訪問。信者の皆さんと、牧師のお話を聞いた。2時間の間、暇であったので、新約聖書マタイ伝〈5〉をしっかり読んだ。大変面白い内容で楽しむことができた。

　マタイ伝〈5〉に記されたキリストの愛は究極で、過激だ。父ヨセフが結婚する前に、マリヤはヨセフ以外の子を妊娠していたと記述されている（精霊を宿したと記述）。信者でない私は、信者の曽野綾子と同じ様に解釈する。ヨセフが自分の子ではない息子とマリヤと上手く家庭を築ける訳が無い。画家が画いた絵の中のヨセフは

父であるが、いつも小さくかかれて存在感が無い。父の愛に飢えた息子が偉大なる宗教家に成長するのは想像できる。第三者に対する「愛」だ。儒教の「仁」や、仏教の「慈悲」と類似であるが、彼は極端に過激だ。こんなに過激になったのは、家庭環境に起因すると考察する。牧師さんに講話の後、率直に感想を述べた。客観的に物を見ることに慣れた自分は、信仰はできない。牧師さんと友達になれるかもしれない。

(8)振り返って

〈9月17日　哲学三昧を見直す〉

　今年の2月に吉田先生にお会いして以来、中国哲学の本ばかり読んで、4月からの大学の授業も中国哲学にのめり込み、夏休みも引き続き、先生の本を中心に読み続き、昨日読み終わった。読書記録を作り終わって自分を見直した。

　先生や学生にめぐり会えたのはこの上ない幸運で、どれだけ自分の人生を豊かにしてくれたことか！

　本を読むということは、過去の哲人とそれを解読する現代の学者とのやりとり、その二人を観察する自分の合計3人の討論みたいなもの。時には過去の哲人が複数で、議論がより大勢になる。こんな面白いことはない。

　王陽明を読んで、自分が実社会から離れて、哲学三昧では現実離れして行くことを気づいた。陽明学そのものは実社会での生き方であるのだ。大学への通学を週4日、仕事を週1日にしているが、来年4月からは、仕事を増やした方が、哲学が面白くなるような気がして、少し就職活動を始めた。社会への貢献やかかわりを増やした方がもっと充実した生活ができるような気がする。老人を雇う会社があるか知らないが。

6. 研究の結論：「共感」と「達成感」

　以上の「夏休み日記」にあるように吉田先生の本を真面目に読み、かつ中国や美濃を旅行しながら、自分の「人生の目標」を必死に考えた。そして、夏休みの終わりに、当時の結論として、一年前に夢見た「学問三昧」で一生を過ごす方針は妄想であることを発見した。つまり、朱子学、陽明学の基本は、社会や仕事の現場を離れての学問はあり得ないという哲学で、この哲学は「社会との関係」が基本で、自分が悟ればよいという原始仏教や、個人が幸せになればよいとう老荘思想とは違うのだ。この哲学に感化され、社会との関係を作るために、また仕事をしたくなってしまったのだ。一生懸命、自分の本心に聞いた。「一体何をしたいのか？何をすれば楽しい人生なのか？」。そして、その答えは「共感」と「達成感」であった。

　「共感」とは、本の主人公の哲学者（朱子、王陽明等）や、大学の先生、一緒に授業を受けている学生等と「共感」や、友人や身内との「共感」である。大学の授業では、故人の哲学者や講義の先生、受講生と共感」ができるのだ。本を読む時は、その作者との「共感」を楽しめる。そして大学へ通いながらの生活は「共感」を味わうのには充分で、レポート提出も真面目に準備して完成して「達成感」を味わえた。しかし、それだけでは十分ではなく、社会とのつながりが無いのが問題であった。これを解決するために、就職活動を始めた。数ヶ月の就職活動のあと、縁があって2008年4月より日揮プランテック（エンジニヤリング会社）に入社した。次回は入社の切っ掛けや、新しい仕事の内容を報告する。

〈参考文献〉
　(1)東洋大学中国学会：「白山中国学」、通巻15号（2009年）
　(2)吉田公平：「伝習録」、タチバナ教養文庫
　(3)吉田公平：「陸象山と王陽明、誠文堂書店

エンジニアリング会社に入社し、大学では学問没頭で充実した生活

第4回

1.日揮プランテック（エンジニアリング会社）入社

　日揮プランテックに入社した切っ掛けは、IHIでトヨタの省エネを実施している時、共同で取り組んだ電気メーカーの技術者が、日揮プランテック（日揮グループで当時数億円規模の小規模プラントを対応）に入社後に、当方に空気圧縮機の省エネセミナーの実施を依頼してきたことにある。セミナーを実施して、その質問の内容を考えると、このプロジェクトは指導するより、自分が参加した方が良いと思い、入社を希望したら、歓迎されたのだ。

　2007年は二つの大学に合計週四日通学していたが、2008年からは、神田外語大学を終了して東洋大学を2日間に減らし、日揮プランテックに週三日通勤することにした。IHIの顧問は続けていたが、経営方針が変わり当方は退職した。

1-1 新分野の学習

　日揮プランテックは、一般工場の省エネを実施する会社だが、一般工場のエネルギー消費量は、通常、空気圧縮機が20 ～ 30％、空調が10 ～ 20％で、当方を採用した部長は空調の専門家であった。従って、空気圧縮機の専門家の自分が、この部長と一緒に仕事すれば、工場の省エネの課題を解決する理想的な体制ができるのだ。

　当方は空気圧縮機メーカーの設計にいたので圧縮機本体の知識には自信があったが、実は圧縮空気を使用している現場の経験がなく、実際に現場でどのように圧縮空気を使用しているかについての知識が少なかった。この機会を得てから、工場の中を歩き回って見るだ

けでなく、現場に椅子を持ち込んで座って、圧縮空気を使用する機械の動作をゆっくり観察して、圧縮空気の使用方法と省エネ対策を学んだ。また圧縮空気を使用する空気機器メーカーを数多く訪問し、その構造や原理を学んでいった。特に、省エネルギーセンターが出版している専門誌「空気圧システムの省エネルギー」の著作者SMC㈱の小根山尚武先生を訪問し、本の内容の不明箇所を質問し議論した。歳をとっても、新しいことを学ぶのは楽しいことであった。

1-2　省エネ計画書

当方が入社した時には、すでに大型のプロジェクトの計画があり、ESCO事業として立ち上げようとしていた。早速工場現場で詳細調査を実施し、空気圧縮機と圧縮空気に関係する範囲の省エネ計算書を作成した。約60,000,000円／年の省エネ計画で、プラント全体では約1億円／年の省エネ計画であった。

項目としては下記を提案した。

①新型ターボ及び新型スクリュウ圧縮機の導入
②既設スクリュウ圧縮機の運転方法変更（同時絞りで無負荷運転減少）
③省エネドライヤー導入
④配管や使用機器の圧力損失を減少して、運転圧力の低下
⑤ドラヤーの露点見直し（露点温度を上げる省エネ）
⑥圧縮機室の換気改善（圧縮機の吸入温度を下げる省エネ）
⑦スクリュウ圧縮機の保圧弁設定変更（運転圧力を下げる省エネ）
⑧空気漏れ対策

上記着想内容の概略は次回の記事で説明するが、詳細について関心のある方は、当方の省エネの本「製造現場の省エネ技術　エアコンプレッサ編」にて確認いただきたい。この本は、このプロジェクトで得た知見を、圧縮機メーカーで得た知見に追加して完成させたものである。この本を出版後、講演依頼が殺到し東北から九州まで全国で講演を実施した。空気圧縮機や圧縮空気の省エネが非常に重要なテーマであることを認識した。

　当時の日記を確認すると、「社長（中国）から、平社員に戻り、技術的頭を使用することができるようになって、楽しくてしょうがない」と記してある。調べて、工夫して、上記の①から⑧を創出するという、技術者として一番楽しい仕事にありつくことができるようになった。その内容の詳細は次回報告予定。

1-3 ESCO事業

　ESCO事業とは、顧客の光熱水電力ガス費の使用状況の分析、改善、設備の導入といった初期投資から設備運用の指導や装置類の保守管理まで、顧客の光熱水電力ガス経費削減に必要となる投資の全て、あるいは大部分を負担して顧客の経費削減を実施し、これにより実現した経費削減実績から一部を報酬として受け取る事業である。

　また、顧客に対して省エネルギー効果の保証（guarantee）を含むパフォーマンス契約（Performance Contract）を行う。リース会社が顧客と上記契約し、プロジェクトをエンジニアリング会社に発注する。報酬を受け取るESCO事業が終了した後、通常その設備をユーザーに売却している。また、上記省エネは国からの補助金が出る場合が多い。

1-4 エンジニアリングの仕事

　今までの空気圧縮機メーカーでの仕事から、圧縮機を購入し使用する立場となり、全く立場が変わった。使用側の立場で厳しくメー

カーに要求する。また、メーカーにいる時は、競合他社には聞けないことが、ドンドン聞けるので情報量が非常に豊かになる。ESCO事業を成立させるため、性能を確実に保証させる必要があるので、曖昧なメーカーの仕様書を厳しく追及した。

　また、日揮というブランド力とエンジニアリング会社で製品を購入する立場ゆえ、メーカーを呼べば直ぐに来てくれた。

　一方、ユーザーは現場の工場の管理者ゆえ管理者の立場を理解し、何に関心があるのかを十分入手する必要があった。工場を訪問した時、工場の入り口に通常書いてある工場の方針をしっかり読んで理解して対応した。

2. 東洋大学での学習

　2007年度は、週一回のIHIに出勤で、週四日は大学での学問に没頭したが、2008年4月からは、週三日のエンジニアリングの仕事と週二日の東洋大学の学習で、土曜は大学の予習。当時のノートを見ると怒涛の生活だった。

2-1　堺屋太一の講演「日本大変！」報告

　東洋大学では大学生向けの講演だったが、、当時の自分の老後の転職にもぴったりの内容で、今でも役立つ素晴らしい内容であった。2008年5月15日、東洋大学の講堂で堺屋太一先生（1935 ～ 2019年）の大学生向けに特別講演「日本大変！」が実施された。過去の堺屋先生の面白い経歴（東大理一建築科入学し、経済学部卒業）の説明から始まり、大きな事業を成しとげた石田三成に影響受けて万博の白書を書くのが楽しかった等、素晴らしい内容であった。当方のノートに記録された彼の演説の結論を記す。

〈これからの発想〉

好きなことをやればよい、満足することが大切、問題は何が好きか解らないこと。
　好きなことは、
①疲れないこと
②誰とでもしゃべりたい
③調べたい
④必ず仲間ができる
⑤努力を惜しまない
⑥世界一を目指す
⑦夢を持つ、子供のような夢をもつ。本当に好きなことをやる
⑧実現をはかるのに努力する
⑨常に恵まれていると思う
⑩苦労はいとわないこと。辛抱する

　なお、日本では一つの職場は30年間しか続かない（商船（戦前）、石炭（戦後）、鉄鋼等）。有利で選ぶと30年後駄目になる（当方から大学生への就職先選択のアドバイス）。

〈堺屋太一先生への質問〉
　Q.10年後の日本、米国、中国は如何？
　A.日本：消費税12%
　　大改革が必要、このままではアルゼンチン化。
　　米国：日米問題は話題にならない。
　　中国：企画大規模生産が最新化、デザインは日本で工程分業といわれたが、今後はそうはいかない。中国の製造は本社機能化する。

　大学生への講演だが、当方にもピッタリの内容で質問もすることもできて、大変すばらしい機会に恵まれた。

2-2 大学での学習内容

　2007年度は、中国文化の幅の広い範囲を週四日間（13科目）学んだが、2008年度は朱子学、陽明学の宋明儒学に中心に学んだ。

　下記のレポートは、授業で提出したサンプルで、中国語文献を翻訳したものである。

　授業では担当教授にこのレポートの間違いや修正すべき点を指導していだき、その後、出席した学生と内容を議論した。

馮友蘭の朱子学の再構築

「中国哲学演習Ⅲ【木曜・1限】吉田公平先生」
2008.5.8提出 長谷川和三
テキスト：陳来編『馮友蘭語粋』1方法 理に関する対話 9 ～ 10頁

■試訳

①馮友蘭の思想の中で特色のある貢献は、科学が人に積極的知識を提供したのとは同じではなく、哲学は人に積極的実証知識を与えるだけでなく、哲学の根本任務である、人を「安身立命」にする^(注1)ことだと指摘した。哲学の検討課題は、「人生の意義は何か」という問いに解答することである。もし哲学の勉強が何らかの効用があるとするなら、それは即ち哲学によって人がより高い精神の境地に到達できることだ。中国の古代哲学では、昔から「為道」^(注2)と「為学」^(注3)の分野とされ、馮友蘭のこの種の哲学理解は、はっきりと中国文化伝統の特色に浸潤している。

②馮友蘭は、人は皆、宇宙人生（普遍的人生）^(注4)に、ある程度自覚と理解を持っていると考える。この種の自覚と理解を一緒にして「覚解」^(注4)と称する。人の覚解は、即ち、自分の具え持つ意義について理解している普遍的人生である。人のこの種の覚解はとりもなおさず人の心の境地を構成している。普遍の「理」は客観的ではあるが、しかし人によって理解は同じではない。人の心境は主観的で、覚解の程度、水準は同じでない。それゆえ、心境の高低

は又同じではない。

③おおよそ、人の心境は4種類に分けられる。自然心境、功利心境、道徳心境と天地心境^(注6)。其の中の自然心境の覚解の程度は最低で、天地の心境の覚解が最高である。

④この4種類の心境分類は、簡単に述べると、自然心境は、人は自己の行為について自覚の意識がないことである。其の行為が生産的であろうが、芸術的であろうが、道徳的であろうが。

⑤功利心境は自覚的に利益を求める心境である。この利は自己の為の私利である。道徳の心境は自覚した義（正義）の心境である。義は社会の公道徳の義を指す。

⑥天地の心境は人が、全世界が一つに合体した心境に到達したことの自覚を指す。自然心境は自覚がない。他者に対する世界は混沌である。天地の心境は自覚と万物は一体で、また混沌でもある。しかし前者の混沌は原始的混沌で、後者の混沌は後から得た混沌である。二つの混沌を分けてみると、後者はさらに一つ上のレベルの混沌だ。

⑦一人の天地の心境の人がいて（注：仮定法と理解し訳す）、彼が自分の行為や遭遇した事ついて、すっかり、一種の新しい意義を自覚し、また一種の素晴らしい社会を自覚し、又世界に対して直接責任を自覚したら、その上、楽天の楽しみ^(注7)を持つことになる。

⑧このように、馮友蘭は既に、あのいつも哲学者達が解答しにくい問題「哲学は何の役に立つか？」に一つの有力な回答を与えた。それはつまり、哲学は人に心の境地を高めることができる学問であり、人を最高の心境に到達させることができる学問であるという回答である。

⑨哲学の用途は実際の事柄の知識や才能を増やしているのではなくて、人の自分の生活態度を変えさせて、人に世界的な一種の理解^(注8)について進歩させ、一種の人格、胸襟、気象^(注9)を体現させる。このことが人の心に役立つ。

※訳注
(注1) 安身立命：身を落ち着けるところができ、心のよりどころを得る（小学
館中日辞典）
(注2) 為道：道を究める
(注3) 為学：学を究める
(注4) 宇宙人生：世界共通の人生
(注5) 覚解：馮友蘭「中国哲学簡史」最後一章、人生的境界　添付資料
(p.10-11)
(注6) 天地：世界、宇宙（広辞苑）　世界、境地（小学館中日辞典）
宇宙（大字典）
空間的にみんなにとって（「日本 漢学」吉田先生による講義　6/19）
(注7) 楽天：天の理、自然の理を楽しむ　境遇に安んずる（易経）
漢字源天理を楽しむ（大字典）　楽天的である（小学館中日辞典）
(注8) 気象：情況、情景、景色、様子（小学館中日辞典）
宇宙の根元と其の作用である現象（広辞苑）
その人の生まれつきの性質、気性、様子（漢字源）
(注9) 体現：（ある事物がある性格を）体現している、具体的に表している。
「体現」は言葉・行動・発展や変化を通して精神や事物の性質などが間
接的に表されることである（小学館中日辞典）

2-3 木下鉄矢教授の特別集中講義（2008.7.23-25）

　木下教授（1950 ～ 2013年）は、当時岡山大学教授で、朱子学の
専門家で、600頁の大作「朱子学の位置（智泉書館）」を出版され
ている。東洋大学での3日間の集中講義は素晴らしい内容で、ます
ます朱子学にハマってしまった。

2-4 夏休みの旅行

　中国文化が大好きな大学院の学生達と、中国桂林を訪問。当方が
学んでいる宋明儒学とは全く関係のない少数民族の文化・交流を楽
しんだ。龍勝の段々畑、滴江下り、ミャオ族の踊り、北京オリンピ
ックで有名なチャン・イーモウの「印象」観劇、現地の少数民族と
の会話等。
　当時の日記によると、少数民族は家族、親戚が大勢集まり、おば
あちゃんと孫と一緒に楽しそうだ。皆（女性が多い）で楽しそうに

会話したり一緒に仕事し、非常に幸福そうだ。一方、日本は核家族になり、幼児を保育園に預け、高齢者を施設に入れ、家族がバラバラだ。経済の豊かさより、共生の幸せの方が大事?!と、日記に感想を記してある。

　下記の写真は、同行した大学院生が編集したものである。

　以下は、チャンイーモウの印象である。

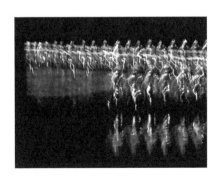

3.まとめ

　エンジニアリング会社では、自分の技術が社会に役立つことを実感し、また新しい仕事や技術を学ぶことができた。東洋大学では、中国文化や主に宋明儒学（朱子学、陽明学）を学び、中国語の文献を翻訳することで「達成」を味わった。また、通常では聞くことができないような堺屋太一先生や木下教授の、素晴らしいい講演・特別講義を聞く機会を得た。そして新しい人脈もでき、仲間と「共生」を味わうこともできた。

　新しく学ぶことがこんなに楽しいことなのか、充実した毎日を過ごすことができるのか。60歳を過ぎて怒涛のような生活が始まった。次回は、エンジニアリング会社での省エネの発想と内容を報告する。

エンジニアリング会社での 省エネの仕事

第5回

1. 通勤

日揮プランテック（エンジニアリング会社）への通勤には、自宅（千葉県習志野市）から職場（横浜市）まで電車で100分かかった。乗車のJR津田沼駅から始発があったが、普通席に座るには15分以上並んで待つ必要があり、はじめはグリーン車を使用し、グリーン車券の節約、使用距離を短くするために、席が空いた時期を見計らい（50分後）、普通車に移動。また、帰りは並ばずに普通車に座れた。このように通勤中も本をよみ楽しむことができた。

2. 職場環境

主任技師として採用され、5名ぐらいのメンバーで数件のプロジェクトをこなしていた。メンバーは非常に親切、丁寧に仕事の進め方を指導してくれた。

3. 仕事の内容

当方は空気圧縮機の専門家として、ユーザーの工場で空気圧縮機関連設備のデータを入手し、省エネが可能か否かを判定した。可能な場合は、現地を訪問し現場の工場で実際の設備の実態を確認。そして、省エネの計画を立て計算し設備の改造見積もりを実施して、投資回収年を計算して報告した。

静岡県の工場の省エネプロジェクトの例を中心に内容を下記に紹

介する。

3-1 空気圧縮機の省エネ

専門の圧縮機は流量が大きいほど効率がよくなり、省エネになる。

従って、既設圧縮機が小型で複数台あれば、大型を新設することが省エネになる。しかし、圧縮機を大型にして配管が長くなり配管の空気抵抗が大きくならないようにする。

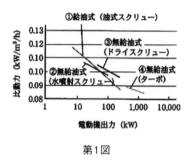

第1図

省エネ成果は年間の電力使用量の減少分で計算するが、圧縮機の性能は気温や冷却水の温度で変化する。従って通常平均気温で計算する。ところが、ターボ圧縮機の性能は真夏の最悪の条件で性能を保証している。従って、年間の省エネ計算をするには、圧縮機メーカーに対して、平均気温での性能の提出と、性能試験を要求する必要がある。

本プロジェクトでは、大型化のターボ圧縮機一台導入で、年間10,000,000円の省エネ、隣の工場で当時最新鋭の油式スクリュー圧縮機の導入で、年間2,400,000円の省エネを達成した。4ヶ所で年間合計27,300,000円の成果を上げた。

3-2 圧縮機の制御

圧縮機が圧縮空気を吐出しない無負荷運転の時は、負荷時の15〜40%電力を消費する。従ってできるだけ、無負荷運転を減らす必要がある。

例えば210%の圧縮空気を使用する場合を検討すると、従来の方法では3台中2台が100%負荷で1台が負荷・無負荷運転すると吐出空気量は、100 + 100 + 10 = 210%、消費電力は、100 + 100 + 40 =

240%となる。

　これを3台ともインバータで回転数を下げる制御を使用すると、吐出量は70 + 70 + 70 = 210%、電力消費は73 + 73 + 73 = 219%となり、従来の240%より21%の省エネになる。当方この制御方法を「同時絞り制御」と命名し、特許を出願した。プロジェクトでは、新設のインバータ使用し、油式スクリューの同時絞り制御導入で、一つの設備で年間2,800,000円の省エネを達成した。

　当時の既設の油式スクリューの容量制御は、吸入弁絞りで圧力比が上昇し非常に効率が悪かったが、現在はインバータ使用して回転数を下げる制御が主流となっている。

　一方、ターボ圧縮機では小型はバタフライ弁による吸入弁絞りで、大型は吸入空気に旋回を与えるIGV（インレットガイドベーン）であったが、本プロジェクトではIGVを採用した。

写真1 IGV（インレットガイドベーン）

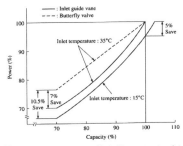

第2図　インレットガイドベーンとバタフライ弁との比較

3-3 省エネドライヤ

　圧縮空気の中には水蒸気が存在し、水蒸気が飽和する温度を露点と称する。一般工場では、圧縮空気の中の水蒸気が問題を発生させるのではなく、水蒸気が結露して露（水の粒）が発生すると問題を起こす。一方、計装空気や塗装空気の場合は、水蒸気自身の存在を嫌うので露点を大幅に下げなくてはならない。圧縮空気の露点を下

げる装置を、ドライヤ（除湿器）と称している。

　一般のドライヤは冷凍機の冷媒で直接圧縮空気を冷却したり、吸着剤で蒸気を吸着している。省エネ対策として、必要以上に空気を冷やし過ぎない方法や、冷凍機を使用しないで、クーリングタワーで冷やされた冷却水で空気を冷やす方法を採用した。

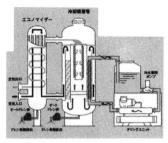

第3図　チラー冷却式ドライヤー

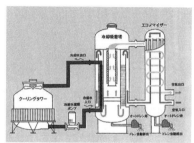

第4図　クーリングタワー式ドライヤー

　これは、トヨタがすでに採用している方法で、墨田施設工業㈱（現ハイグロマスター㈱）が発明した省エネ設備である。なお、トヨタでは冷凍機やクーリングタワーも使用せず、温度の低い工業用水を使用している工場もある。本プロジェクトでは、冷凍機を使用せず圧縮空気を冷やすのに井戸水を使用したドライヤを採用し、年間合計3,000,000円の省エネを達成した。

　一般工場設備のドライヤは電力消費より、圧縮空気の中の水蒸気の結露を発生させないことを重視。できるだけ温度を下げドライヤの中で蒸気を結露させて、圧縮空気中の蒸気を除去する構造になっている。工場設備で結露するかどうかは、使用圧縮空気の周囲温度による。例えば周囲温度が25℃であれば、露点温度を20℃にしておけば結露しない。これを、露点温度を15℃にすると、ドライヤの冷凍機の負荷が大きくなり、電力費がその分無駄になる。トヨタでは工場の温度を測定し、その温度から5℃低い温度を露点にする

制御方式を使用している。通常の汎用の冷凍式ドライヤではこうした制御はできないが、ハイグロマスターでは可能である。

本プロジェクトでは、ハイグロマスター導入で、一つの設備で年間1,500,000円の省エネを達成した。

3-4 運転圧力を下げる省エネ

圧縮機の消費動力は吐出圧力7barGベースで1bar下げると約7%の消費動力下げることができる。運転圧力を下げる方法として、配管の圧力損失を下げる必要がある。配管の太さと長さ、それとバルブや機器の圧力損失を検討する必要がある。配管の圧力損失の計算はSMCの公開されたソフトを使用すると簡単に計算できる。非常に便利だ。*

吐出弁は、圧力損失の少ないボール弁やバタフライ弁を選ぶ。玉形弁や仕切弁は圧力損失が大きく、開閉操作が不便で容量調整用のみに使用すべき。逆止弁もバタフライ式が、一番圧損が少ない。

オンラインのオイルフィルターは一般的に使用されているが、不要で除去すべき。フィルターは末端の機器の上流のみに使用すべき。当方は現場で、配管の途中にあるオイルフィルターのバイパス弁を全開にして、オイルフィルターの圧損を減して、圧縮機の運転圧力を下げた。

本プロジェクトでの圧力損失削減部の成果分は他の成果と分離できないので、成果を報告できないが、分離できる工場設備では、一カ所で年間約1,000,000円の省エネとなっている。

なお油式スクリュー圧縮機では、圧縮空気中の油を回収するために大きな回収容器がある。容器の中には油を回収するためのオイルフィルターがある。油を回収するにはオイルフィルターを通過する圧縮空気の流速を遅くする必要があるので、圧力を4.5〜5.5Barに制限するための保圧弁がある。従って使用圧力を4Barにしても、圧縮機の吐出圧力は下がらないため、消費電力を下げられない。保

圧弁の設定値は圧縮機の検査記録に記載してある。サービス会社の定期点検の記録にも記載されている。省エネのため、保圧弁の設定値を下げたい場合は、サービス会社に相談するのがよい。本プロジェクトで5.4〜4.5Barまで下げた。

※SMC㈱ホームページ　http:www.smcworld.com/

3-5 圧縮機室の換気（吸入温度の管理）

　空気圧縮機の消費動力は吸入温度（絶対温度T_1）に比例する。理論空気動力の計算式は以下の通り。

$$Lad = \frac{kG}{k-1} R \cdot T_1 \left[\left[\frac{P_2}{P_1} \right]^{\frac{k-1}{k}} - 1 \right]$$

Lad ：理論動力
k 　：空気の断熱指数
G 　：重量流量
T_1 　：吸入温度（絶対温度）
R 　：ガス定数
P_1 　：吸入圧力
P_2 　：吐出圧力

　つまり6℃下げれば（例えば26℃から20℃）、約2%の省エネになるのだ（(273 + 26 − 20)／273 = 1.02）。そして100KWの圧縮機は空冷の場合は、100KW以上の熱エネルギーを大気に排出する。つまり100KWのヒータと同じだ。圧縮機が水冷の場合は圧縮機の発熱は表面からの発熱のみで少なく、モータは通常空冷ゆえ、モータの効率が92%とすると、8KWの熱エネルギーを排出する。モータは8KWのヒータで圧縮機室を加熱する。

　従って圧縮機の吸入空気を上昇させないために、吸入空気は室内空気を吸わないで、外気をダクトで直接吸入することによって吸入温度の上昇を防止する（第5図）。

　本プロジェクトでは、吸入温度を下げる省エネで、三つの工場で年間合計3,200,000円の省エネを達成した。

第5図　空気の屋外吸入と排気ダクト

3-6 空気漏れ対策

　一般工場では空気漏れは空気量全体の20％を占めるとされていて、非常に重要なテーマである。油式の圧縮機使用の場合、漏れ箇所は漏れた油にほこりがついて黒くなっているので解るが、漏れ検出器（リークテスタ）が発売されているので漏れ箇所の検出は容易である。しかし、漏れ量が解らないと対策効果を計算できない。石鹸水を使用し、泡の直径と時間を測って漏れ量を計算する方法が本で紹介されており、自分も実施したが手間がかかりすぎて実務では使用できない。

　プロジェクトでは、トヨタに紹介された漏れ箇所を検出し、漏れ量を測定出来るTTS社に測定を依頼した。ユーザーの立ち合いの下でTTS社の漏れ量表示を、流量計で検定し確認した。

　本プロジェクトの漏れの省エネ成果は合計、21,600,000円/年で、設備投資が無く、測定費用だけなので投資対効果が一番良かった。なお穴漏れの測定精度は高いが、ネジ漏れはネジ通過時に漏れ音の音圧が下がり、少なく表示された。従って、本プロジェクトでは、測定成果は実際の漏れ量より少なく報告していることになる。

　ネジ漏れは音圧が下がることで、穴漏れと区別して測定精度を上げる特許を、漏れ測定器の販売会社LeakLab社（リークラボ・ジャパン社）から2020年に出願した。

4. プロジェクトまとめ

　日揮プランテックでは、静岡県の工場のプロジェクトに参加させてもらって本当に幸運であった。自分で発想したテーマを計画・計算し、実際に実施し成果を測定確認するという、仕事の流れは楽し過ぎる。レベルが高く前向きな仲間や、ユーザーの真面目な担当者と一緒に楽しみ、大きな達成感を味わうことができた。なお担当した省エネの合計は57,000,000円／年で、他の成果も合計すると105,000,000円／年であった。また今回圧縮機メーカーやドライヤメーカー、空気機器メーカーと深く交流し、新しい知見を得ることができた。

　以上、素晴らしい機会を得ることができたのだ。

　このプロジェクトで新しく習得した知識を公開するため、日刊工業新聞社の月刊誌「工場管理」に「急がれる空気圧縮機の省エネ」という記事を連載。その後、その内容を編集し単行本「製造現場の省エネ技術　エアコンプレッサ編」を出版したら、講演依頼が殺到した。

　こうした機会に巡り会えたことは、非常に幸運であった。

　圧縮機の省エネの詳細について関心のある読者は、当方の省エネの本「製造現場の省エネ技術　エアコンプレッサ編」にて確認いただきたい。

第6回

中国の省エネ事業調査開始
［中国旅行記］

1. 新しい職場の開拓

　工場の省エネ推進で社会貢献ができる新しい職場のエンジニアリング会社（日揮プランテック）で、着実に成果を上げた。その達成感を実感しながら、ふと思うのであった。地球環境や共生を考えると、日本で省エネをしていてよいのか。当時（2009年）日本の5倍もエネルギーを消費している中国を何とかしなくてはと…。

2. 中国の実情調査開始（大学訪問）

　前述（静岡の工場の省エネプロジェクト）の仕事の見通しがついた2009年4月になって、中国の省エネ事業の対策を考えはじめた。5月の連休、手がかりを求めて、知り合いの先生がいる技術系の一流大学、西安交通大学と上海交通大学を訪問した（交通はいわゆるTrafficの意味ではなく、コミュニケーションの意味。実態は技術系の大学）。

　大学教授の意見は、中国の製造業の経営者は省エネ投資する金があったら、工場の生産能力アップの投資を行う。省エネより事業の拡大だ。つまり中国では、時期尚早との意見であった。

3. 国際会議での発表のチャンス

　中国から帰国して週末の金曜日に、自分が所属するターボ機械協会の総会終了後の夕食会で、新しく就任した会長に中国で省エネを

実施したいと、当方の事情を報告した。するといきなり私の腕を掴み自分のカバンのところに連れて行き、カバンからパソコンを取り出し、ホームページを開き、この北京のシンポジウム（国際低炭素技術シンポジウム北京：International Symposium on Low Carbon Technogy September 15-18 Beijin China）にて発表しろと勧める。「もうドラフトの締め切りが切れているじゃないか！」「大丈夫！私は主催者の一人であるから、何とかするから」ということで、北京の国際会議で発表することになった。素晴らしいチャンスが突然やってきたのだ。

翌日の土曜日の昼、大学の同窓総会でトヨタ自動車の元社長が中国訪問の内容を講演したので、立ち話しで自分の中国での手がかりがない話を報告すると、「自分は日中●●協会の会長ゆえ、調整するから月曜日に電話しろ」と指示された。

日曜日に北京国際シンポジウムのドラフトを提出し、水曜日に虎ノ門の日中●●協会を訪問した。中国事情に詳しい専門家がシンポジウムの内容を見て、「ここで発表しても、長谷川さんの手がかりにはならない。これは構成メンバーを見るとアカデミック過ぎる。しかし、ここで発表すれば長谷川の名前の権威付けになる意味が大きい」アドバイスはあったが残念ながら、この協会には私の手がかりを探す機能はなかった。

4.事前準備

7年前圧縮機メーカーとして中国現地生産会社設立を計画した時、アドバイスできる在日中国人を求めて、はるばる松本まで訪問した。彼からは「先ずは人間関係を構築することで、数多くの人に積極的に会い、知り合いになることだ」と、アドバイスされた。

その方針に則り、北京のシンポジウム発表を含めて9/14〜27の2週間の中国出張の間、できる限り大勢の中国人に会う計画を立て

た。事前に知人や新聞、インターネットの関連情報から手をつくして、事前の面談のアポイントをとった。

5. 中国旅行記

訪問先は、下記の五ヶ所。

①北京
②上海
③杭州
④蘇州
⑤無錫

・本来の目的：自分の技術（主に省エネ）で中国社会に貢献。
・今回の目的：手がかりを探す為。
・手段：人間関係構築。
　結果：52人に面談（52枚の名刺を配布。中国人、韓国人、日本人、英国人、独国人、オーストラリア人）。

5-1 北京

⑴北京国際シンポジウム（9/15～18）

北京国際低炭素技術シンポジウムに参加し、9/18に講演した。

会議場はホテルの中で、そのホテルは東京大学本郷キャンパス並の広さで、空港からバスで行ったが敷地の中で迷子になり目的の建物にたどりつけなかった。構内でホテルのマイクロバスに向かえに来てもらった。会議に参加のメンバーとホテルのレストランで朝・昼・晩一緒に食事した。できるだけ中国人のテーブルに行ったが、最初は英語や中国語で話を合わせてくれたが、しばらくすると、中国人同士で普通の中国語のスピードでしゃべりだし、何もわからなかった。参加者は韓国人が多く、地元中国人よりも多かった。韓国

政府が支援しているようで、日経新聞にもそのような記事があった。なお面談した日本人は、阪大、早大、東北大、茨城大、三重大、日立、荏原、大阪ガス、墨田施設、電中研等。

(2)清華大学（9/15）（技術系で中国№1の大学）

　メールで事前に連絡してあったシンポジウム主催者の清華大学の先生と面談し、当方の事情をよく説明した所、先生は私の目的に共感してくれた。初対面でも大変親切に、北京の省エネの会（9/16）や中国の大学、韓国やオーストラリアの大学教授などの大勢の人を紹介してくれた。

(3)日独大学教授と交流（9/15）

　北京に到着した夕食での懇談でのこと。日本とドイツの一流大学（工学部機械工学科）の先生の共通の悩みは、優秀な学生が集まらないことであった。私は先生たちに対して、学生は優秀でなくてもよい、学生に動機付けするのが先生の役目で、最も重要だと意見を述べたところ、ドイツも日本も先生達は同意した（私は日独の一流大学の教授に陽明学の講義をしたことになる）。

(4)発表（9/18）

　司会は清華大学の先生がしてくれた。日本の工場での空気圧縮機と圧縮空気の省エネの実績を説明し、最後に当方を中国で利用することを提案した。

　下記が発表した項目である。内容は当方の出版した「製造現場の省エネ技術　q」の要約となっている。

　①Introduction
　②Air compressor electrical power usage
　③Air compressor in market

④Procedure for energy saving

⑤Effect of Temperature for
Compressor

⑥Heating Compressed Air

⑦Effect of Lower Discharge
Pressure Operation

⑧Dryer

⑨Group control

⑩Reduction of air blow

⑪Air Leakage Detector

⑫Load ratio of compressed air

⑬How to be happy

⑭Offering Energy Saving
Technology

発表内容（まとめ）

発表内容（中国で省エネを実施した
いという提案）

(5)北京観光

　節前の準備で地下鉄が止まったり、制限が多く移動に不便した。
時間を見つけて今まで訪問していない場所を3日分けて訪問した。
植物園（紅楼夢の作者曹雪芹記念館訪問）、動物園（熊猫に挨拶）、
オリンピックの鳥の巣スタジアム、天壇公園を訪問した。タクシー
を思うように拾えず、路線バスにも一度乗った。バスの車掌のそば
にいて、予め下車駅を教えてくれるようにお願いした。いつも迷子
で、目的地にたどり着くの通行人に路を聞きまくった。

(6)北京から上海へ（9/19）

　北京から上海へは中国の大地をゆっくり見ようと列車で移動した。
10時間の旅であった。列車は日本の新幹線と同じであったが、レー
ルが在来線ゆえスピードが出せず、平均速度130km/h、最高速度

95

は210km/h。車内弁当は美味しくはないが、他の選択肢はない。

車窓は途中まで一面トウモロコシ畑、南京に近づくと米の田んぼにかわる。石炭使用の発電所が点々とある（CO_2製造中）。凄い大地だ、泰山付近以外は山や丘が無い。一面、平面で畑の連続で、山だらけの日本の風景と全く違う。ドイツや英国では列車は小山や丘が多いが、中国にはその丘がない。

5-2 上海

⑴上海交通大学（9/20～23）

上海交通大学訪問。当方の要求が叶い、この大学の省エネ担当教授の紹介で地方政府の省エネ担当と面談ができた。次回計画の省エネ講演を依頼される。

午後は上海交通大学のターボ機械講座（修士、博士課程）13名に3時間の講義実施（9/20）。生まれて初めて学生に講義した。今までは中堅のエンジニアにしか講義したことはない。5名ぐらいの学生がノートを取っていたが、ほかの学生は関心がないか、私の英語がわからなかったのかもしれない。講演後、先生は中国語で一生懸命解説していた。

学生が満足したかわからなかったので、小生は達成感を十分味わうことができなかった。これ以降、講演後必ずアンケートを用意し、理解したか、役に立ったかを確認することにしている。

翌日、先生とどのように私の技術を利用するかを数時間議論した。基本的にコンサルのようなことは中国社会では非常に難しいとのことになった。まずは履歴書を用意する必要があり、先生が中国語に翻訳してくれると約束してくれた。

大学内の教員用のホテルに泊まったが、ロビーで顔見知りの名古屋大学の元学長の平野先生に遭遇し、びっくりした。平野先生はこの先生になられたのことであった（コラム参照）。

名古屋大学平野総長の講演にて

（愛知の漢学） 2007年7月12日

　名古屋大学平野総長の講演の中で、自分が育った愛知県知多郡に教育の城「鈴渓塾」あり。人を愛すること、心のふれあい、知を愛すること、この三つが教育方針であった。

　講演後、平野総長と歓談。これは正に儒教そのものではないか？知多郡には漢学者がいたのかと質問したところ、自分は儒学が大好きで、論語を読んでいる。江戸時代に米沢藩を立て直した細井平洲がいた。盛田酒造（ねのひまつ）・盛田家（ソニーの創業者：盛田昭夫）とも関係があるとのこと。

　名古屋大学の教養部は日本漢学を教えているか？ 詳細不明なるも立派な先生が大勢いるとのこと。平野総長は工学部化学科出身で、セラミックや耐熱カーボンを研究。東レの社長と同じ研究室とのこと。

(2)上海の投資会社訪問（9/23）

　日本の投資会社から紹介された、上海宝山の半官半民の組織の上海国際省エネ環境パーク訪問し協議した。この組織は自分の目的に一致しているが、立ち上がったばかりで実績は未だ無い。今後の展開に期待する。

5-3 杭州：浙江大学（9/23 〜 24）

　上海から杭州はバスで移動。

　杭州の浙江大学訪問し意見交換。清華大学の先生の紹介で実現した。

　二日目9/24は製造会社を先生に案内された。ここでも当方の履歴書が欲しいと要求され、1ヶ月ぐらい滞在して指導して欲しいと申し入れがあった。

杭州は食事が最高に旨い。西湖の料理を堪能し、夜は西湖を散歩。涼しくて気持ちが良かった。畔では琴の生演奏をしており、なんとも優雅で墨絵のままの情景であった。

5-4 蘇州 （9/25 ～ 26）

　杭州から蘇州へはバスで移動。蘇州は4年前まで自分が社長をしていた町。中国人の元部下と日本人の元部下と、それぞれと会食した。7名の中国人達は、当時秘書以外は独身だったが皆結婚し、子供をもうけて自分の家を買い、車を持っているものも3名いた。どう見ても同世代の日本人達（自分の子供も含めて）より恵まれている。私は、結果として、この中国人達に幸せになる機会を与えることができて本当に嬉しい。なお10年後、彼らが購入した住宅は5倍以上の価額になっている。大資産家になってしまったのだ。

　翌日の会食の日本人達は、私にほとんどしゃべらせず、彼らの話をただひたすら聞くだけであった。もう市場が萎んだ日本の工場は不要とまでいう。正にこれは日本の雇用問題である。今は日本では日本でしかできない仕事、もっと他のことをやるべきなのである。いずれにしろ、自分が計画して立ち上げた中国事業の大成功に大満足している。

　この2日間は白日外へ出る気はおきなかったので（蘇州は2年間の滞在で知り尽くしていたので）、ホテルの図書館から当時中国で一番有名な于丹教授の「論語」を借りて辞書を引きながら読んでいたが、TVをつけたら何と彼女が蘇州の虎丘の公園で講演していた。日曜日は、以前一緒に仕事した蘇州の長江対岸にある南通市の友人と大湖の畔で、大湖蟹（上海では上海蟹と呼ぶ）を賞味した。とても旨かった。小船で太湖を遊覧した。景色がよいので結婚前に結婚衣装を着て写真を撮るカップル（中国ではこれが習慣で、丸一日撮影で潰す）が6組ぐらいいた。帰りに近くの水墨画の集合画廊を訪問して鑑賞。前回訪問時に見れなかった画廊を10件ぐらいまわった。

未だ見ることができないぐらい画廊が沢山ある。画家が画廊で書きながら売っている。2階が生活するアパートで、1階が画廊と仕事場。絵描きの主人を誉め、激励し70%まで値切って3枚買った。画家と直接会話できるのは本当に楽しい。自分の中国語の語彙がもっと豊富であれば、もっと楽しい会話ができたと思う。

5-5 無錫（9/27 ～ 28）

蘇州から隣の無錫へ。タクシーの運転手に行き先の名刺を渡しても蘇州の運転手ゆえ、携帯で会社に聞いてもわからない。仕方なく、無錫市内でタクシーを乗り換えた。帰国の前に無錫の知り合いのところに立ち寄り、情報交換をした（9/28）。英語での会話がスムーズにできず、秘書に通訳してもらい助かった。無錫から上海の飛行場へは長距離バスで移動した。

6. おわりに

私の中国の「省エネへの道」は遠く、未だ半歩だ。過去、自分が蘇州に工場を造って、生産を立ち上げるのに調査開始から4年間かかっている。今回も全く手探りだが、その道のりを楽しみたい。

今回宿題として与えられたものは、自分をPRするには履歴書を渡す必要があるということだ。相手はこの日本人を使用できるか否かの判断は経歴を見ないとわからないのだ。今回の交流は全て英語を使用したが、中国国内を一人で旅するのに、中国語の聞き取り能力がなく大変苦労した。神田外語大学で中国語会話に挑戦したが、老人には暗記する能力がないことがわかり脱落した。しかし、中国文化が大好きゆえ、旅行を十分楽しむことができた。10 ～ 12月は、次年（2010年）の中国訪問への準備になる。北京の学会で会った、英国のリーズ大学の教授を11月に訪問することになった。

第7回 **講演と英国旅行**

1.はじめに

　前回は中国で省エネの仕事探しを報告したが、日本で仕事している省エネプロジェクトが終了し、次の大きな仕事がなく、講演や英国旅行を楽しんだ。その内容を報告する。講演することで、自分の技術が社会の役に立つことを実感し、また旅行で新しいことを学ぶことを楽しめるのだ。

2.浜松市「省エネ環境フェア2009」の講演（10/28）

　工場の空気圧縮機や圧縮空気の省エネで実績を上げたのを紹介したところ、浜松市の商社から省エネの講演を依頼され実施した。事前に知り合いのメーカーへ招待状を送付した。出席者は79名で、アンケート結果では76名が当方の講義の内容を評価いただけた。先月の上海交通大学での講義では、受講者が講義の内容を理解したのか、満足したのかが不明だったのを反省し、以後アンケートをとるようにした。

3.英国観光旅行（11/1 ～ 14）

　当方英国への出張は過去4度ほどあるが、ロンドン以外は観光をしたことがない。通常、欧州のフランス、ドイツ、イタリア、スペイン・ポルトガル等の観光旅行は全て観光ツアーを利用し、ツアーの予約だけで何の準備をしないで旅行した。今回は、観光目的で地

図や本を用意し旅行計画を立て、ホテルとロンドンまで往復飛行機を事前に予約し英国を2週間で一周した。現役を引退したので、旅行計画を立てる時間の余裕があった。実は計画を立てるは面倒だが、訪問前からワクワクして結構楽しい仕事なのだ。

・訪問先：ロンドン、ケンブリッジ、リーズ、ヨーク、エジンバラ、オールドイングランド（湖水）、ストラッドフォード、オックスフォード、ロンドン

　ロンドン市内を観光した後、ケンブリッジ大学を訪問し、ドウズ教授に会った。前回は米国で偶然会って永い時間議論した。今回は予約して会ったのだが、彼は人気の学者ゆえ予約がいっぱいで、待合室で1時間以上待たされ2時間程度しか議論できなかったが、主に省エネのエアーブローのアドバイスをもらった。
　翌日、リーズを訪問。9月の北京の会議で知り合ったリーズ大学の丁教授（中国人）を訪問し議論した。省エネの議論をしていたが「中国と英国の文化の違い」の議論となり、夕食もこの議論で盛り上がった。
　今回観光目的で英国を一周したが、最初の訪問都市ロンドンで地元の食事が口に合わず、2日目からは中華料理にすることにした。まずホテルに到着したら、フロントで中華料理屋の場所を聞いて確認。中華料理は英国のどこにでもあり、中国人が

写真1（筆者撮影）

経営していることが多く、中国人留学生がアルバイトで働いている。

　なお、ロンドンのタクシー運転手はオーストラリア英語をしゃべる人が多い。「あなたは、オーストラリア人」かと聞いたところ、これがロンドンの庶民的な言葉だと答えた。私が日本の学校で学んだ英語は、クイーンズ・イングリッシュで英国貴族の言葉であった。しかしロンドンでは、例えば「today」は「ツダイ」と発音し、クイーンズ・イングリッシュでは「ツデイ」となるのだ。

　ヨークのある英国国立鉄道博物館を訪問。蒸気機関車は英国人が発明したもので、古い原型となる蒸気機関車が並んでおり、その進化の歴史を学び、楽しめる素晴らし展示だった（**写真1**）。またイギリス以外の機関車も展示してあり、日本の新幹線の原型211や、子供に人気のあるアニメの機関車トーマスもあった（写真2）。

　第1図は、ネイピア デルティックエンジンで三つの直列対向ピスト

写真2　日本の新幹線と子供が大好きな機関車トーマス（筆者撮影）

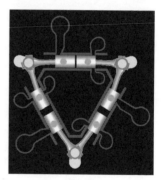

第1図

ンエンジンを三角形に組み合わせたもの。三つのシリンダーバンクの両端にあるクランクシャフトが、三角形の頂点となるように組み合わされており、その全てが隣り合うバンクと共用されているため、クランクシャフトは3本しかない。

当方の大学の卒論は「ジーゼルエンジンの燃料二重噴射」で、レシプロエンジンの構造に大きな関心があり、エンジンを見ると飛びつくのだが、日本にはない三角形になった構造を初めて見てびっくりした。

　英国を一周して、古い建築物や湖水地方（**写真4**）やピーターラビット記念館（**写真5**）、自然の牧畜風景（畑はあまりない）を楽しんだ。

写真3（筆者撮影）

写真4（筆者撮影）

写真5（筆者撮影）

4. 大阪大学特別講義（11/24 〜 25）

　日本のターボ学会や北京の学会で交流した大阪大学の辻本教授から講義を依頼され、日本の大学では初めて講義した。

　空気圧縮機の技術と圧縮空気の便利性や、発明の重要性と発明の方法を解説。

・講義時間　10:00 〜 13:10
・受講者　学生4年生＋修士＝17名
　　　　　　先生3名

第2図に講義で使用したパワーポイントの一部を紹介する。
優秀な学生に説明できて、大いに達成感を味わうことができた。

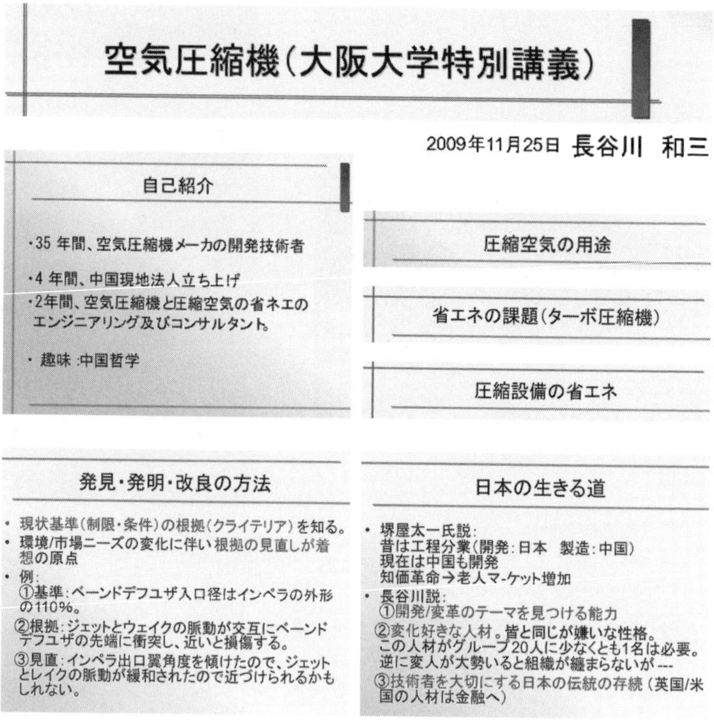

空気圧縮機（大阪大学特別講義）

2009年11月25日 長谷川　和三

自己紹介

・35年間、空気圧縮機メーカの開発技術者

・4年間、中国現地法人立ち上げ

・2年間、空気圧縮機と圧縮空気の省エネの
エンジニアリング及びコンサルタント。

・趣味：中国哲学

圧縮空気の用途

省エネの課題（ターボ圧縮機）

圧縮設備の省エネ

発見・発明・改良の方法

・現状基準（制限・条件）の根拠（クライテリア）を知る。
・環境/市場ニーズの変化に伴い根拠の見直しが着
想の原点
・例：
　①基準：ベーンドデフュザ入口径はインペラの外形
　の110%。
　②根拠：ジェットとウェイクの脈動が交互にベーンド
　デフュザの先端に衝突し、近いと損傷する。
　③見直：インペラ出口翼角度を傾けたので、ジェット
　とレイクの脈動が緩和されたので近づけられるかも
　しれない。

日本の生きる道

・堺屋太一氏説：
　昔は工程分業（開発：日本　製造：中国）
　現在は中国も開発
　知価革命→老人マ-ケット増加
・長谷川説：
　①開発/変革のテーマを見つける能力
　②変化好きな人材。皆と同じが嫌いな性格。
　この人材がグループ20人に少なくとも1名は必要。
　逆に変人が大勢いると組織が纏まらないが ---
　③技術者を大切にする日本の伝統の存続（英国/米
　国の人材は金融へ）

第2図

その後、自分の出身校でも講義をすべきと思い。当時、一緒に「水噴霧の省エネ」を共同研究していた、名古屋大学工学部の長谷川豊教授（現：名古屋工業大学教授）に申し入れ、2010年1月12日実施することができた。講義の内容は大阪大学と同じ。

　以上、自分の経験を将来を担う大学生に伝える機会を得られて、非常に幸運だった。

5. グンゼエンジニアリングと協議

　大阪大学の帰りに、近くにあるグンゼエンジニアリングを訪問した。

　この会社は、当方が日揮プランテックで実施した省エネ物件と同じユーザーで、別の工場（岡山）の物件を見積もっており、当方の技術を是非使用したいという要請であった。日揮プランテックと競合する可能性があるので、日揮プランテックに許可を得ることにした。グンゼエンジニアリングの責任者は、当方と同様中国ビジネスにも強い関心があった。当方の経験を生かして、新しい大きい仕事に再度取り組める可能性が出てきた。

6. おわりに：人脈の重要性

　仕事が得られる機会は人脈が重要だ。定年までの間、仕事上で他社との交流や学会などでの人脈は、仕事や趣味を続けて楽しむ為には非常に重要である。今回もその人脈を利用している。

　コロナ渦、在宅が多くなり交流が減り人脈が途切れる現状は、当方にとって非常に未来の見通しが暗い。2022年は早く正常に戻ることを願い、読者も老後の仕事や趣味の為、現役時代から人脈作りに頑張っていただきたい。

第8回

日本国内調査訪問（その1）

1. はじめに

　日揮プランテックの大型プロジェクトが終了し、中心となる仕事が無くなったので、講演や仕事探しを始めた。当方の過去の人脈にあたり、日本国内の製造会社や商社を訪問し技術をピーアルした。また、最先端の省エネ技術を学ぶ為、トヨタを訪問し省エネ方針や詳細技術を学ぶことができた。

　いろんな人と交流することによって新しい情報が入り、それを楽しむことができるのだ。また、交流する相手も、当方から新しい情報を得て楽しんでいることを実感できる。

　2009年末の訪問実績を報告する。また、週二回受講していた東洋大学の内容の一部を報告する。

2. 企業訪問

2-1 SMC豊田営業所訪問（2009.11.24午前）
〈所長及び部長と面談〉

　SMCは圧縮空気を利用する機器を製造するトップメーカー。愛知県にはトヨタやデンソーという空気機器を使用する大きな製造会社があり、豊田市に営業所を設置している。

　当方にとって、空気機器は圧縮空気の使用に関する省エネに最も重要なテーマである。東京のSMC主催の講習会を受講し、空気機器の使用方法や省エネ技術を学んでいる。

　今回の豊田営業所の訪問で、主にトヨタ三好工場やデンソー西尾

工場の具体的な省エネ内容や、ビジネスの実態を聞き、合理化や省エネ方針を知ることができた。

2-2 トヨタ元町工場訪問 (2009.11.24午後)

　トヨタの省エネの専門家を訪問し、当時の省エネの方針と実情を教えていただいた。

　詳細は省略するが、エネルギーのJIT（JUST IN TIME）供給や生産台数とエネルギーの使用量を比例させ、固定分をゼロにする省エネなど、トヨタ生産方式（TPS）の考え方をエネルギー低減にも適用していることを知ることができた。これらの手法は、エネルギーの消費設備のみならず供給側の原動力設備（ボイラー、コンプレッサーなど）を含めて全体の最適を考え適用されている。

　具体的には、圧縮空気の圧力を下げる場合においても必要な時に、必要な所に必要な圧力で、必要な量を送気することを加える。そこへさらに、エアー使用量の減少に伴いターボ、レシプロなどの原動力設備の最適な組み合わせに踏み込み、できる限り固定分を低減する活動を推進している。このように、ただ単に圧力を下げるということにとどまらないのである。

　また新しい視点としてエネルギーの量に着目した低減に加えて、エネルギーの質を考えた省エネにも取り組んでいる。その具体例がAirless、Steamlessである。この活動はエアーや蒸気を否定しているわけではなく、エネルギーは変換により質が必ず低下するということに着目。そして媒体を活用する場合、その媒体がもたらす付加価値とエネルギーの質の低下というロスを常に比較することが重要である。また必要に応じてエネルギーのカスケード利用や、ヒートポンプに転換しエネルギーの質の落差に伴い、できる限り付加価値を生み出そうとする考え方である。さらに、以上のことの成果をできる限り数字（％）で表し、金額で表す。

　このようなトヨタの方針や最先端の省エネ技術を教えていいただ

き、大変勉強になった。

2-3 三井物産と面談（2009.11.27）
〈室長及び部長と面談〉

　当方の経験を紹介し、省エネビジネスの推進を提案した。特に中国での省エネの手がかりを協議した。

　三井物産の意見は、中国でもESCO事業しか無理だろうという結論だった。理由は投資金を用意する銀行がないから。

　現在、ビルの省エネ診断できる人材をさがしているとのこと。

2-4 デンソーエムテック訪問（2009.12.8）
〈新会社デンソーエムテックの説明部長と面談〉

　デンソーエムテックとはデンソーの計測管理部門と設備改造・修理部門が分離独立し、計測と設備の点検・改造・更新を支える会社として設立。当方が今まで交流していた圧縮機設備の技術者は、この会社に出向したので今回訪問した。

　まだ会社を立ち上げたばかりで、ビジネスモデルを構築中。デンソーの子会社70社の診断をするつもり。モデルケースとして、美濃工業をスタディしたい。

　当方の省エネ診断の方法を説明し、美濃工業を診断することにした。主に、エアブローの議論をした。

　豊橋工場では、圧縮機から3.7 〜 5.5kWのブロアー（6.0m3/min 50kPa）に切り替えが進んでいる。約30％の電力削減になるとの説明。水切りや切粉飛ばしのエアブローでは、水の回収や切粉の回収が必要である。水や切粉が残留すると製品が欠陥となるのだ。

　SMCのノズルの専門家の講演についての紹介もあり、1,000回の講演が実施されているとのこと。

2-5 アンレットの訪問（2009.12.9）

〈副部長と面談〉

　この会社は、ルーツ式の真空ポンプやブロアーを製造している。以前、日揮プランテックのプロジェクト（静岡県）で、水切り（水洗浄）等の連続ブローを圧縮空気から、この会社のブロアーに交換し省エネを実現した。静岡営業所とは交流していたが、愛知県の製造工場に訪問し技術者と面談するのは今回初めてである。ルーツブロアーの市場は、ばっ気用が50％で空気輸送が20％とのこと。水洗浄の空気を真空ルーツブロアーで水や油を回収し、フィルターで濾過する装置を販売している（寿命はテスト中）。

　当方は、中国市場紹介や自動車エンジンに使用中のスーパーチャージャーの利用を提案した。

　工場見学をしたが、ルーツブロアーのシャフトとロータは一体型であった。水切りエアブローの持ち運びが可能で、現場でテストができる装置であった。

3.東洋大学の授業

　毎週二回、東洋大学で授業を受け自分の担当の文献を真面目に翻訳し発表した。

　大変な作業だが楽しい作業であった。授業で発表し、先生の指導や受講生から意見をもらい議論できたことで、共感や達成感を味わうことができた。以下、発表したサンプルを紹介する。

3-1 熊沢蕃山の書簡を読む

　・熊沢蕃山（くまざわ ばんざん）
　　生年：元和5年（1619年）
　　没年：元禄4年8月17日（1691年9月9日）
　　　　　江戸時代初期の陽明学者

第1図に、授業で発表した原稿を紹介する。

中国特殊研究Ⅱ（木曜三時限）　吉田公平先生

熊沢蕃山書簡　集義和書書簡の一

六月十八日提出

　　　　　　　　長谷川　和三

試訳

来信は省略、博学で人に孝弟・忠信の道を教える立場の人の中に、不孝不忠な人もいるのは、一体どうしたことなのでしょうか。

返書は省略、武士で武道に達した人は、人に勝つことを知っていても、武功をたてたことの無い人もいる。武芸に達していない人でも、武功をたてた人は多い。兵学者で何の兵学に知識の無い者に切られることもある。学問の道はこれと同じです。その知仁勇（注あり）は文武の徳目である。礼楽・武芸・学問（注あり）は文武で修得しなければならない技能である。生まれつき仁が厚い人は、学問をしなくても孝行忠節な人もいる。生まれつき勇気があり強健な人は武勇を知らないでも勝負に強い人だ。

そうかといって、文武が衰えるという道理がない以上は、昔の人は自分自身で道を行うことが完全でない人でも、学問の才能のある者には学問させ、ひろく学問の道を教えて、人民の惑いを解いて、生活習慣を立派にし、自分自身に勇気が少ない人でも、武芸に才能がある人には、武芸を練習させて、ひろく兵法を教えて、その能力を磨かせる。人民の基礎体力を健康にして、その能力を磨かせる。これは国の武力を強くすることだ。これはリーダが人を教える道であり学問がなくて、孝行忠節なのは、気質が素朴らしい。道を知らない勇者である血気の勇ともいう。人の徳を上達させ、才能を伸ばすことは、文武に及ばないことはない。現在の偉い人は、学問の末節だけ知って、根本を修得していない、

武についても又同様だ。また、天が物を生む時、二つとも完全であることはない。四足のものには翼がなく、角のあるものには牙がない。形があるものは必ず欠ける所がある。だいたい、学問の才能があるものには徳行に薄く、徳行に薄い者は学問がない。知識があり聡明に生まれついたものは行動が伴わないことが多い。行いが誠実な者は知恵が足らない所がある。君子はその善いところを取り上げて、備わっていないことを求めない。小人は人の短所を裏にして、その美しいところを覆って見えなくする。すべて世の中に才能もなく、徳も無い人が多い。才能があったら称賛すべきである。徳があったら付き合いをすべきである。

感想

学んだ内容を理解しても、実践が出来ないことは、非常に多い。

自分で方針を決めて相手や部下に指示して、自分は実践しない場合が多い。例えば総理は15％省エネすると決めたら、自分も生活の中で、冷房から扇風機に変更するとか、自分の車は電気自動車にするとか、エレベータを止めて階段を省エネとはこんなに辛いことと自分で体験すべきなのである。

要旨

一、現状の教育の欠陥の指摘。

二、素質のあるものを見つけて、その素質を伸ばす教育の重要性。善いところを見つけたら、褒めて伸ばす。

熊沢蕃山は、現実態を見て、教育が大切である認識を持ち、具体的に良い所伸ばす方法を知っている。子供も大人も褒められれば、嬉しくて皆頑張る。しかし、現実にはリーダや親や教育者は良いところを見つけ出す能力が不足し、それを磨く必要があるのだ。

第1図

注般若波羅蜜多心経（木曜二時限）　伊吹先生

十二月三日提出　長谷川　和三

試訳

無無明亦無無明盡、乃至無老死亦無老死盡

ここでは「十二因縁（駒大注＊55）」をいうのだ。薫香の薫が衣の中にあれば香気があるように、善悪の種子の薫が阿頼耶識（駒大注＊56）の中にあれば生、老、病、死がある。身体は弱り滅してしまうけれど、阿頼耶識の種子（駒大注＊56）は理由が存在し、神道（駒大注＊57）をぶらぶらすれば、中蘊（駒大注＊58）と名づける。四十九日から、罪悪と福徳の仕業の報いに従って、人間界と天上界の六道に生をうけるのだ。倶舎論（駒大注＊59）に云うには、六道四生（駒大注＊59）（語釈①）では中蘊の身体にあって、第六意識（語釈②）によって愛をおこして、ゆえに生を受けるのだ。

もしこのようであれば、無色界（語釈③）の諸天（語釈④）は粗色が無いといっても、細かい色は依然としてある。形質が無いといっても、中蔭（駒大注＊58）が無いわけではない。滅尽の禅定の最中でも、阿頼耶識の種子の理由が存在すれば、三界（語釈⑤）の生死を免れることはない。「十二因縁」とは、「法華経（駒大注＊60）」に云うには、無明は行が原因であり、行は阿頼耶識が原因であり、阿頼耶識は名色（語釈⑥）が原因であり、名色は六入（語釈⑦）が原因である。　六入は触ることが原因で、触は受が原因であり、受は愛が原因であり、愛は取が原因であり、取は有が原因であり、有は生が原因で、生は老死が原因である。

語釈

①六道四生：六道における胎、卵、湿、化の四生をいう。衆生の生まれかわり流転している世界、状態。（広辞苑）

②第六意識：唯識で八識の第六番目、感覚の結果を総合して理知、感情、意欲などを発動する心のはたらき。（広辞苑）

③無色界：三界の一つ。一切の色法（肉体・物質）の束縛を離脱した、受・想・行（ぎょう）・識の四蘊だけで構成する世界。（広辞苑）

④諸天：天上界に住して、仏・仏法を守護するという神々。（広辞苑）

⑤三界：一切衆生の生死輪廻する三種類の世界、すなわち欲界・色界・無色界。（広辞苑）

⑥名色：五蘊の総名なり、受想行識の四蘊を名とし、色蘊の一を色とす。（織田仏教大辞典）名目（古漢語大辞典）

⑦六入：眼・耳・鼻・舌・身・意を云う。（大字典）

試訳

無智亦無得

ここで十地菩薩を明らかにしよう。十地（駒大注＊50）とは、歓喜・離垢・明・炎・難勝・現前・遠行・不動・善惠・法雲である。智とは仏の智で、得とはすなわち道である。聖道は雑念を払って心を空しくすることで、智で測るものではない。（駒大注＊68）法身（語釈⑫）は落ち着いて寂しく、得ることもなすこともない。六道・四生（語釈⑬）があることによって、かりに三乗（語釈⑬）・十地を設定する。ゆえに喉の渇いた鹿が陽炎を追っても、実際は水が無い。遠くより見れば水のようだが、近づいて見るとやはり水は無い。（駒大注＊69）画餅は飢えを満たし、説明が腹を満たすようなことがあるはずがあろうか。（駒大注＊70）すなわち三乗・十地は本来「空」で、「空」であるので現実には三乗・十地はないのだ。これは菩薩が妄想した三乗・十地の理解を解明するのだ。

語釈

⑫法身：永遠なる宇宙の理法そのものとしてとらえられた仏のあり方。（広辞苑）

⑬四生：胎生・卵生・湿生・化生。（大字典）

⑭三乗：声聞乗・縁覚乗（あわせて二乗・小乗）・菩薩乗（大乗）。

試訳

以無所得故

得る所があるなら、煩悩は盛んになる。得る所が無ければ涅槃は爽やかである。菩薩行で虚空三昧（駒大注＊71）を得るには、得るところが無いことによって、得るのだ。もしこのようにすれば、乗（さとる）のは、乗じているのではなく、地はどこが地というのであろうか。すなわち、羊の車も鹿の車も大牛の車も（駒大注＊72）、十地六波羅蜜も、「空」で得る所はないのだ。

第2図（次頁に続く）

試訳

もし無明の本体が空であることを知ったなら、「十二因縁」は元来有ではな
い。無明がもし有るなら、無明はつまり尽きる時期がある。無明は元来空であ
るから、空には無明もなく、また無明の尽きることもないのだ。老死があると
いうなら、老死は元来空でるから、空にも老死なく、また
老死の尽きることもないのだ。つまり元来空でひとしく、法界《語釈⑧》にもひとし
い。落ち着いて静かにしてのんびりしていれば、あらゆる方角が浄土である。
一体どこにさらに人間界と天上界の迷いの世界にあって、生を受けたというの
か。故に心が生まれれば三界も生じ、心が滅して三界もなくなれば、《語釈⑨》に
維摩経《語大注*⑧》に曰く、浄土を得ようとするなら、まさにその心を浄めな
くてはいけない。その心が浄まっていけば仏土は浄まるのだ。このように、縁
覚《語大注*⑥》の妄想した十二因縁の理解を解明するのだ。

語釈

⑧ 法界：因果の理に支配される宇宙。（漢和辞典）

試訳

無苦集滅道

四諦《語大注*⑥》《語釈⑨》とは苦集滅道のことだ。現在の四大《語大注*⑥》五蘊を苦諦
となして、過去の無明の原因を集諦とし、苦を観じて、集を断絶して未来の生
死を消してしまうことが滅諦とし、四禅八定《語大注*⑥》によって、道諦
とする。これは皆世俗で説くことである。もし解する時、苦と集とは本来空で
あって、亀の毛が無いの《語釈⑩》を知ると同様に、滅諦は実らない。兔の角が元
来無いのを悟れば、四諦は元来空で、空であるから四諦なのだ。これは声聞《前...》

語釈

⑨ 四諦：苦諦三界六趣の苦報なり。集諦、貪瞋などの煩悩、滅諦涅槃なり。道
諦八正道なり。（織田仏教大辞典）
⑩ 四大：一切の物体を構成する地・水・火・風の四元素。
⑪ 亀毛兔角：亀生毛、兔長角。比喩不可能存在的或有名無実的東西。（古漢語
大辞典）

第2図（前頁からの続き）

3-2 注般若波羅蜜多経を読む

中国哲学には儒学だけではなく、仏教も含まれる。当方には難度
が高いが、仏教哲学も受講した。

第2図に、授業で発表した原稿を紹介する。

ノートの記録を見ると、先生の説明に八識がある。つまり識を八
つに分類している。第七が意、第八が阿頼耶識（識）、つまり仏教
は単なる宗教ではなく、哲学でもあることが解る。

3-3 フランス人のフレデイック・ジラール先生の特別講義
（2009.11.18）

ジラール先生は日本仏教の研究家で、14年間在日、学生時代は
カント哲学を勉強。

西洋哲学を知っている研究家が日本仏教を客観的に研究すること
で、我々日本人には気がつけない角度で観察することができるのだ。

例えば道元について、日本人の研究者と意見が違うと説明された。つまり、道元は目に見えないものは信じないので、大事なのは般若だ。

　以下に、夜の会食時の談話を紹介する。

・サルトルは、デカルトの延長で宗教に縛られず、自己確立ができた。中世の哲学を打ち破ったことが画期的である。
・西洋哲学や孔子は、無限宇宙は解らないとしているが、仏教は解らないとしないで、××としている。プライドが高いから解らないとしない。現在、道元を研究している（××は聞き取れず）。

　先生は日本の布団文化が大好き。妻は日本人で、パリで仕事している。その後、当方がフランスを訪れ際、ジラール先生に会いたいと連絡してみた。ところが先生は日本におり、奥さんがパリを観光案内してくれて、大変助かった。人生を楽しむには人脈が大事だ。

4. おわりに

　一流の会社を訪問し、多くの一流の技術者と議論ができ非常に幸運であった。そして、次のステップに進める見通しをつけることができた。

　大学の授業も、老人の私をジャマ扱いせずに対応してくれ非常にありがたく、真面目に学習し、先生や生徒達と知的な議論をすることで、充実した時間を過ごすことができた。

　読者の皆さんも、当方の社会対する対応の仕方や楽しみ方を参考にして、充実した人生を味わっていただきたい。

第9回

日本国内調査訪問（その2）
展開と学習

1. はじめに

　前回、新しい仕事を求めて日本国内の会社を訪問したことを報告したが、今回はその進捗や新しい技術を学ぶ機会や楽しみ方を報告する。

　当方は圧縮機の技術者だが、圧縮機のユーザーにとって重要な圧縮空気を使用する技術は、圧縮機メーカーを退社後エンジニアリング会社で学び始めた。その経緯（展開と学習）を紹介する。

　なお、これは当方が60歳を過ぎてからの記録だが、現役の中年の技術者に非常に参考になると考え、人脈の重要性や新しい技術の学び方等を中年からの準備として読んでいただきたい。

2. 企業や大学との打ち合わせ（展開）

2-1 グンゼエンジニアリング（2010.1.6）

　前回は兵庫県の本社で初めて面談したが、今回は東京で打ち合わせした。当方が定年後、最初に仕事をした会社の日揮プランテックがプロジェクト終了後、省エネ事業を中止した。その時のメンバーを誘い関東に事務所をつくり、ESCO事業の実施を提案。また、当方の出願予定（2010.3）の特許「特願2010-021968」「低圧空気供給システム」を説明し、このアイデアの利用を考えた。

　グンゼは中国のビジネスに関心があるが、まずは日本で実績をつける必要があり、ESCO事業の受け皿になるリース会社との協議を提案した。楽しく仕事ができる可能性が高く、期待ができる。

2-2 名古屋大学訪問(2010.1.12)

〈長谷川豊教授（工学部）訪問〉

　学生9名に当方の特別講義を実施。内容は大阪大学と同じ（70分間）。

　流体の専門の長谷川教授とエアブロー（空気で吹き飛ばすこと）、ターボコンプレッサのデフューザー（空気の減速装置）やインレットガイドベーン（空気流れの向きをガイドする吸入弁）のロスについて楽しく議論。デフューザーの失速の制御については詳しく議論ができた。

〈篩先生（経済学部）訪問〉

　中国から教えに来ている先生に、当方の省エネ技術を紹介し、中国における省エネ推進方法をアドバイスしてもらった。

・先生の説明：今まで実効性がなかったが、最近システムが改善された。風力、太陽光、バイオ、新未来利用エネルギー分野は、すでに中国では日本に技術的に追いついているから、日本製はコスト高で受け入れられない。中国に生産拠点を持たなければ無理。中国では設置、稼働、メンテで人材を出す必要がある。

　すでに中国は進んでいるので、風力、太陽光、バイオ、新未来利用エネルギー分野進出は無理であることが理解できた。なお、風力、太陽光分野では、現在、中国は世界一の普及している。

　中国節能投資公司や中国環境産業の紹介をいただいた。また、5/27には上海で省エネ展示会があると教えていただいた。

　以上、母校の名大訪問は懐かしく、かつ大変役に立つ面談ができた。

2-3 深圳寿力亜州実業有限公司訪問（2010.1.14 ～ 15）

当方が蘇州で合弁会社を立ち上げた時、相手の会社の社長が経営する深圳の会社（米国のスクリュー圧縮機販売会社）を訪問した。

〈経営者に日本における当方の省エネビジネスを紹介〉（2010.1.14）

当方が北京シンポジウムで発表したパワーポイントを使用して、省エネ技術を説明した。また、日揮プランテックでのESCO事業の仕組みや成果を説明。中国のESCO事業は、国営の中国節能投資公司（能はエネルギーの意味で、節能は省エネの意味）が実施している。

またトヨタ、デンソー、スズキ自動車等、日本の一流企業の省エネの実態、省エネビジネスの手順（診断から受注、成果の検証）を説明（14名受講）。また営業と技術の担当者には、圧縮空気設備の省エネのポイントを項目毎に説明した。

当時のノートを見ると省エネ以外に、朱子、王陽明、屈原、三国志等と書いてある。大学で学んでいる中国文化を中国人と議論をしていた。

〈深圳の工場訪問と省エネ診断〉（2010.1.15）

深圳は中国で一番先端技術の会社が集中している都市である。鄧小平が深圳の貧しい漁村を技術最先端の大都市にした。

①SunLord社（深圳順絡電子有限公司）訪問（電子部品メーカー）

三ヶ所の工場の空気圧縮機設備を診断。空気機器や配管の圧力計の表示圧力を記録し、圧力分布を査定。圧力損失の大きい所を指摘し改善を指導した。

②BYD社訪問（電池メーカー）

BYDはEV（電気自動車）の製造で有名な会社だが、訪問当時はEVをまだほとんど造っていなかったと思う。空気圧縮機設備を診

断し、配管の圧力損失の削減、室内の換気、台数制御盤の設置や電力表示等のアドバイスを実施した。

2-4 トヨタ明知工場訪問（2010.1.20）
〈工場の省エネ担当と面談〉

議論の内容は下記の通りである。

対象は空気圧縮機、空調、電気の消費エネルギー。対応策は「見える化」に力をいれている。対応策として積算電力計を個別つけたいが、費用がかかる。費用をかけないで成果を上げたい。投資する場合は2年以内回収が基準で、まず省エネ診断して分析し対策を立てたい。

省エネ№1のトヨタが当方と交流してくれるのは大変ありがたい。トヨタの取り組み方は大変勉強になる。

2-5 三菱UFJリース訪問（2010.1.29）
〈次長と面談〉

この会社はリース会社で資金を用意し、省エネの新設備をユーザーにレンタルしている。ESCO事業にはなくてはならい会社である。日揮プランテックの仕事もこの会社が実施した。今回当方の希望で、アドバイスをもらいたく訪問した。

・当方の希望：中国で省エネを実施したい。中国が大好きで、市場は日本の5倍以上（当時）。昨年から調査をしている。
・課題：パートナー（受皿会社）、エンジニアリング会社が見つからない。中国のリース会社（ESCO）とコンタクトできない。
・次長回答：当社の海外ビジネスは、タイ、インドネシア、台湾、中国（現在香港と上海）。まず日系企業を対応している。台湾の可能性が高い。中国は法制度や税の課題がある。中国のEMCA（中国節能協会）を紹介していただいた。

ESCO事業の専門家の意見を聞くことができて大変勉強になった。

2-6 デンソーエムテック訪問（2010.2.12）
（デンソーのエンジニアリング部門の子会社）
〈社長、部長（2名）、課長と面談〉

エアブローの省エネについて議論した。

- 長谷川の特許、特願2010-021968「低圧空気供給システム」（スマートグリッド・パイピング）を紹介し、デンソーの工場で実証試験を提案。デンソーエムテックは当方の提案に合意し、試験の実施を検討する。社長から小さい単位で試験したいとの要望があり、サンプルを探す。
- 「スマートグリッド・パイピング」という発明について解説する。日揮プランテックのプロジェクトでは、工場にはエアブローを6Barぐらいの高い圧力の空気を使用しているのは、ほとんど間欠ブローゆえ、低圧のブロアーを使用できなかったことを知った。そこで、配管をつなげば間欠ブローを平準化できるので、ブロアーが使用し大幅な省エネが達成できると気づき、特許を出願した。なお、当方は個人事業主ゆえ、特許の所有権は自分で、出願費用も自己負担。個人で出願は初めての経験であった。日本だけでなく、市場の大きい中国でも出願した。今まで出願した特許（120件以上）は、すべて所属会社が所有権を持ち、会社が費用を負担している。
- エアブローはブロアー化とノズルの交換が重要（空気圧縮機とは、吐出圧力が1Bar以上、ブロアーとは吐出圧力が1Bar以下）。
- ルーツブロアーの台数制御をメーカーのアンレットに問い合わせる。
- 池田工場の省エネ診断を計画。デンソーエムテックで実証試験が出れば、その成果を省エネの雑誌や学会で発表し、日本中に

この技術が普及することが期待できるのだ。大きな夢だ。

　本特許の詳細に関心のある方は、当方の執筆した本「すぐ役に立つ　製造工場の省エネ技術　エアコンプレッサ編」の106頁「10.2　スマートグリッド・パイピングによる省エネ」を参照いただきたい。

2-7 アンレット訪問（ブロアーメーカー）（2010.2.16）

　営業技術が窓口で、技術、営業のメンバー計4名と協議した。

　当方は圧縮機の専門家だがブロアーの経験は少なく、日揮プランテックの省エネプロジェクトで、圧縮空気をアンレットのブロアーに交換して成功したのが切っ掛けである（水切りの用途で、連続ブロー）。今回「スマートグリッド・パイピング」をデンソーエムテックでテストするために、ブロアーの制御を学ぶ必要があり訪問した。

・協議内容：回転数制御（インバータ利用）や台数制御についての実態について質問した。実際には、台数制御の実績は無く、エアブローは一対一で対応しているとのこと。用途は連続ブローがほとんどで、間欠ブローは通常3秒ブローで、100秒停止し、ブロアーは使用せず、圧縮空気を使用しているとのことで、当方の認識と同じであった。また、吐出圧力の制御、吐出量の制御、ブスター圧縮機などの説明を受けた。

3.圧縮空気の使用方法の勉強（学習）

　圧縮空気の用途はロボットの等の動力源だけでなく、エアブローの用途の方が多い（エアブロー：50%、動力：30%、漏れ：20%）。エアブローは低圧ゆえ、圧縮機でなくブロアーを使用した方が、消費電力が小さく省エネになる。ブロアーメーカー（アンレット社）

やデンソーエムテックを訪問し、エアブローを学んだ。

　一番詳しい本は、SMCの小根山尚武氏の著書「空気圧システム
の省エネルギー」（省エネルギーセンター発行）で、この本を日揮
プランテックで仕事している時に購入し学んだ。当時のノートを見
ると計算式がいっぱいあり、いろいろ条件をかえて計算し勉強して
いる。

3-1 SMC小根山氏を訪問（2010.3.10）

　SMCは空気機器のトップメーカーで、当方はSMCの講習会をす
でに2度も受講している。訪問の2週間前から、小根山氏の本を使
用してエアブローの原理を必死で学び質問事項をノートに書き、茨
城県にある研究所を訪ねた。

　数多くの質問と議論をしたが、先生のエアブローの説明の要点は
下記の通り。

・切粉飛ばし：衝突圧
・冷却、乾燥：運動量
・水飛ばし：最初力

　今回の訪問で、理解できない箇所が明確になり頭がすっきりし達
成感を味わうことができた。また、SMCの中国へのビジネス展開
として、北京の技術センタだけでなく、中国の多くの技術系大学の
中に事務所を設けていることに驚いた（ハルピン工業大学、西安交
通大学、上海交通大学、清華大学、天津大学、大連海事大学、北京
理工大学、航天大学、成都電子科技術大学、武漢理工大学、南京理
工大学、華南理工大学）。

　当時、中国の空気圧縮機の需要規模が日本の5倍ゆえ、中国各地
の一流の大学にすでに展開しているのだ。SMCの営業方針は、非
常にレベルが高いことがうかがえた。

4. おわりに

　今回の会社訪問で新しい技術を学び、自分の知識や技術を向上させ達成感を味わうことができて非常に幸運であった。

　この年齢（当時64歳）で、学ぶ楽しみを味わうとは、少し贅沢かな？

　読者の皆さんも、中年になっても、当方の学ぶ意欲や楽しみ方を参考にしていただききたい。

第10回　楽しい講義

1. はじめに

　2007年から東洋大学で聴講生として大学の授業を受講している。今回は2013〜2014年の特別講義の受講内容の中で、特に印象の強かった講義を紹介する。参考にしていただけると幸いである。

2. 野口善敬教授（花園大学）「仏教」（2013.1.28〜31）

　東洋大学で特別講義として、4日間の集中講義を行った。野口教授は臨済宗妙心派の僧侶で花園学園の理事長。

(1)日本仏教の実情

　日本では住職のいない寺が多く、またもめ事が多い。鑑真が「律」（僧侶が守るべき生活規律）を中国から持ってきたが、日本では今でも守っている僧侶は少ない。江戸時代に朱子学の影響を受けて、仏教で葬式を実施するようになった。

(2)大慧宗杲（1086〜1163年：宋代）

　野口教授の卒論テーマであった大慧宗杲の経歴の説明を受ける。大慧は「誰でも悟れる」と主張し（看和禅）、禅は大慧以後、何も新しい教えはないとのこと。

(3)元明の仏教

　仏教はすべて自己責任としている。浄土宗、密教の実態の解説。

禅の修行の実態の説明。中国では輪廻転生の人気があった。

(4)中国文化

　「孝」は中国人の発明。野口教授は中国人最大の発明と評価。動物の子供は親の面倒をみないと言われている。儒教は家族制度をつくり、国を支え、治めるのに素晴らし制度である。当方はこの「中国人の発明」の説明に感動した。そういえば、日本には「孝」の訓読みがないということは、中国文化由来である。欧米文化にもなく、和英辞書にも「孝」はない。尚、「孝」という文字の成り立ちは「老＋子」で子が親につくすという意味。

　中国文化研究の為、2015年に知り合いの中国人に中国で大事にしている徳目「智、孝、仁、礼、義、忠、信、誠、銭」についてアンケートを取ったことがある。その結果、中国人は「孝」を一番大事にしていることがわかった。

　日本は明治時代に「孝」を重視した教育勅語を実施。孝文化が浸透したが、戦後マッカーサーに教育勅語を破止され、米国式の文化が敷衍した。もう一度教育勅語を見直し、今後の進め方を検討すべきと提案したい。

※「中国の孝」については、当方の「日本人が参考にすべき現代中国文化」（日本僑報社）（2．中国人の行動規範・倫理）を参照いただきたい。

(5)悟り

・釈尊（釈迦）が気づいたこと：我をどのようにコントロールするか。我に執着する本能。
・儒教：万物一体
・禅宗：柱を叩いたら自分がいた。
・修行による悟り：自分を忘れて、周りのことだけの状態。
・臨済宗：主人公を主張。
・曹洞宗：主人公を否定。

・野口教授の悟り：今の自分が受け入れるかどうか。

(6)まとめ
・唐代：平常心是道
・宋代：今のままで、そのまま仏＝修行認識するが執着しない＝自分の心の内部の処理＝平常心
・禅宗の基本：達成した途端、次のことをしたくなる。⇒これに執着しないこと。人生には目的がある。体験する為に生まれた。人生に意味があって生きている。禅宗は自分が悟るのが先で、悟った後、皆を救う。釈迦は一番先に華厳経を説いたが、そのあといろいろ説いて、最後に華厳経を説いた。「人の役に立つといい気持ちになる。これは人間の本来性で宗教と関係ないと思う」
・維摩経：自分が解れば、世の中が解る。仲直りができる。学問は成果でなく態度である。

　以上すばらしい講義であった。学生の為の講義であったが、東洋大学先生方など多くが受講していた。

3.吉田公平教授（東洋大学）最終講義 (2013.3.26)

　2007年から吉田教授の授業を一番多く受講し、主に宋明儒学を学んだ。2013年3月、教授の引退に際し最終講義が行われた。吉田教授は、東洋大学を含め合計40年間、教師として仕事をされた。
　「人間をどの様に理解するか−心学・理学・心理学−」をテーマに講義。主に陽明学を指導され、今後の課題として人間をどのように理解して、一人一人が抱える課題を、「共に」抱えながら、皆（公共）が幸福に生きられる社会の実現に向けて、いかに歩み出すかについて話された。

4. 中純夫教授（京都府立大学）「宋明学、朝鮮思想史」

（2013.7.30 ～ 8.2）

東洋大学で特別講義として、4日間実施。

(1)朝鮮思想史

朝鮮の中華思想を「小中華思想」と称している。朝鮮が明を大中華とし、これに服属していたが、1644年に明が清に滅ぼされ、三綱五倫の礼が行われているのは、朝鮮朱子学を正学としている自国だけであると小中華を自認した。「小中華思想」とは、清は政治的に朝鮮の宗主国だが、文化的には夷狄であり朝鮮が小中華であるとする思想である。

朝鮮の主に朱子学だが、陽明学も朝鮮に渡ったなど、朝鮮の小中華思想の歴史について解説。

(2)朱子学と陽明学の特徴と相違

「伝習録」「朱子語類」の解説。

当方の認識では、朱子学は日本文化にも大きな影響を与えたが、現在まで一番真面目に朱子文化を継承しているのは、中国ではなく韓国だと感じている。2022年に平均給与で韓国が日本を抜いたことに関心を持ち、第22回で韓国の朱子学を紹介したが、日本人は韓国文化を学び良いとこを参考にすべきと思う。

5. 井川義次教授（筑波大学）「宋学の西遷」

（2014.2.3 ～ 2.4）

東洋大学にて2日間の講義を実施。

宋学とは朱子学のこと。中国哲学が西洋に伝搬し、西洋の近代啓蒙化に役だったという内容。

井川教授著「宋学の西遷」（人文書院、2009年、全538頁の大作）の表紙には、下記の説明がある。

「16世紀から18世紀にかけてのイエズス会士による中国思想情報は、近代ヨーロッパ理性の形成においてきわめて大きな役割をはたしていた。本書では、ルイ14世の後押しをうけた宣教師クプレ、人文主義者ノエルによる儒教文献のラテン語訳を、中国語原典と丹念に照らし合わせて実証する。実は、宋明の儒教のうちには、神の「要請」なしに理性の自律的な純粋作用が存在しうること、当時ドイツ啓蒙のリーダであったヴォルフの理想に照応しうる理念が、先在・潜在していた。さらに彼はフリードリッヒ大王から敬意をうけ、ライプニッツとカントをつなぐ人物でもあった。中国思想に影響をうけたヴォルフの哲学は、啓蒙理性の時代の知識人に広く流行し、近代啓蒙のプロットタイプとなる。」

　講義では、イエズス会のザビエルやマテオ・リッチ等の宣教師がキリスト教の布教の目的で中国を訪問して、中国語や中国文化を学んだ。マテオ・リッチは四書五経を暗記。その後、ドイツのライプニッツ、ヘーゲル、ヴォルフが翻訳した四書（大学・中庸・論語・孟子）を学んだ。カントの研究者の石川文康氏は、カントの先生はヴォルフでカント（物理学者）の哲学を作ったのは中国であると主張。中庸の思想で理性的判断能力を学んだのだ。

　ヴォルフは実践哲学者だが、内容は四書の「大学」と酷似で、朱子の「中庸章句」も利用している。彼は中国哲学のおける理性による人間形成・完成とう観念を中国宋明理学において堆積されてきた解釈群を通じて獲得していた。

　近代理性は、単にヨーロッパにおいて純粋培養されたというよりも、東西の血脈の交叉無くしては決して成り立ちえなかったといえるとのことであった。

　西洋の文化の歴史を知らない私は、「宋学の西遷」というテーマにビックリした。しかし、神との関係を最優先する一神教の西洋人が、他人との関係を重視し「理気二元論」等を重視する宋学を導入しなければ、同じ一神教のイスラムと同様、産業革命が起こらなか

ったかもしれない。西洋が産業革命をおこせたのは、プロテスタントの改革思想か宋学の西遷のおかげなのか、比較研究して欲しい。

　尚、東洋大学で中国文化を主に学んできたが、一時期西洋哲学の授業も受講していた。西洋哲学者の苦労は、神からの束縛から逃れる苦労話が多く、一神教は大変だなと思った。つまり、その為のプロテスタントや宋学利用ではないかと感じている。

6. おわりに

　当時、東洋大学はよその大学から特色のある教授を招待し、夏休みや春休みに特別講義を実施していた。授業が素晴らしいだけでなく、夜の会食での会話も非常に楽しかった。また、中国の大学教授の招聘もあり知り合いになることができ、中国を訪れた際に大学（上海復旦大学と杭州社会科学院）を訪問し再会した。他大学の教授の講義を受講できたのは、非常に贅沢な機会で交流できるのは大変素晴らしいことであった。

第11回 中国をたずねて
―王陽明の生地で心の交流―

1.はじめに

2011年、前回杭州での学会
で知り合った中国の大学を訪問
して、特別講義実施することを
計画。また東洋大学で一緒に勉
強中の博士課程の学友二人と、
研究中の王陽明の中国の生地を
訪問することも計画した。東洋
大学の2〜3月の春休みに合わ
せて2週間の旅行となり、江南
地方の古い街を観光し、素晴ら
しい文化を味わうことができた。

第1図

訪問先は、浙江省と江蘇省（余姚、紹興、深圳、杭州、蘇州、鎮
江、常州）。春秋時代（BC600 〜 300）、浙江省は越の国と呼ばれ、
首都は会稽（現在の紹興市）、江蘇省は呉の国で、首都は蘇州。今
回訪問したのは呉越の2国である。

2.一期一会の旅路

〈2/21　日本出発→上海泊〉

ホテルに到着後、目的地の王陽明の生地である紹興府余姚県行
（現在の浙江省寧波市余姚市）のバスを調べ予約した。

〈2/22　上海→余姚〉

　朝、余姚へ出発しようとしたが、何とバスが運行中止。となりの紹興行きのバスに変更して乗車した（後からわかったのだが、現地は異常な霧で運転不可能だったようだ）。ところが、バスは高速道路出口で変速ギヤが損傷し、運転不能になり下車することになった。路上で白タクを拾い、運賃交渉（400元を300元に値切り）をして向かった。午後2時にやっとホテルに到着し、昼食後王陽明の故家（**写真1**）を訪問した。当方は二回目の訪問である。以前は当方以外誰も見学していなかったのだが、入場料が無料に変更され、来訪者がかなり増えていた。同行者の学友二人は興奮して館内の王陽明の書を熱心に観察していた。

写真1　王陽明故家

写真2　中天閣

〈2/23　余姚観光〉

　通済橋、舜江楼、陶器博物館、画美術館等を訪問。その後、王陽明が講学した中天閣（**写真2**）を訪問。

龍泉寺の僧侶と王陽明について話をしたら、さすが生地であるので詳しく「知行合一」を説明し、太鼓まで叩いてくれた。王陽明が講義を実施した場所を見学。二人は座って、王陽明の「伝習録」を読んでいた。王陽明の弟子になった気分をあじわっているのだ。帰りに会稽山に登り、山の上から景色を堪能した。

〈2/24　余姚→紹興〉

　またもやバスは霧で運行中止となり、電車で紹興へ移動。王陽明の墓を訪問した。地図では墓の隣は陽明中学とあったが、現在は民間アパートになっていた。王義之の故家等や劉念台講堂（陽明学）を訪問。

　王陽明は余姚で生まれたが、生活したのは紹興の方が長かった。学友と一緒に見学して、中国文化の観察に集中しているの彼らを見て、王陽明へ関心の高さがわかった。彼らにとっては初めての経験ゆえ、それだけ感動が大きいのだろう。脇で見ていると、若者から元気をもらえ、初めての訪問ではない当方も感動することが多かった。

〈2/25　紹興→深圳〉

　仕事の為、杭州の飛行場から深圳へ移動。工場の省エネ診断実施（2社訪問）。

〈2/26　深圳〉

　午前中は、ガラス工場訪問し省エネ診断。午後から、日本のリース会社の人と、深圳の省エネ会社を訪問。日本のESCO事業を説明のうえ指導したが、責任者はビジネスにする方法を見つけられず、残念ながら協業の期待はできなかった。

　深圳から杭州へ移動。杭州市で杭州の社会科学院の中国哲学（宋明学）の銭明教授と東洋大学の学生と一緒に会食。尚、教授は2018年10月11日、東洋大学にて特別講義「現代中国大陸の陽明学のフィーバー（熱)」で中国の稲盛塾を紹介している[*]。教授は、南宋の文化の中心は紹興、商業の中心が杭州で、王陽明は10歳から

紹興に住んでいたなどと説明し、陽明学や王陽明の話で盛り上がった。レストランは午後9時で閉店のため、別の飲み屋で午後11時まで盛り上がった。

＊「機械設計者の楽しい人生」107頁参照

〈2/27 〜 3/1　杭州→蘇州〉

　バスで蘇州へ移動。

①工場の実態

　蘇州には当方が立ち上げたターボ圧縮機の製造会社があり、訪問して現役の後輩たちと交流した。初代社長の当方から数えて、既に3代目の社長になっており、ターボ圧縮機の売り上げで中国№1になっていた。中国で一番とは、製造台数はその分野で世界№1ということになる。当方が進出した時（7年前）、中国市場の規模はやっと日本と同じ大きさであったが、今回訪問の2011年には日本の10倍の大きさまで成長していた。経済成長前に中国進出したタイミングが非常に良かったということだ。

　当方が採用した中国人達は皆結婚し、子供をもうけ自分の家を持っていた。中には車を持っている者までいた。どう見ても日本にいる当方の娘や息子より恵まれている。彼らにこんな生活の機会を与えることができたことを満足している。このことは、成長分野で仕事を得ることがいかに大切かを証明していると感じた。彼らは採用時4年以上の実務経験があり、少なくとも英語か日本語ができる中国人である。当方の元秘書は英語しかできなかった。昼休みは、彼女が中国語を当方に教え、当方が日本語を彼女に教えていた。今は人事課長に出世していた。

②工場の指導

　工場を訪問し、後輩たちの課題を指導。当方が若い時、日本で新技術立ち上げに苦労したのと同様の問題が発生していた。彼らの苦労の中身は理解でき、解決策をアドバイスすることができた。当時

131

のノートを見ると、問題点がいっぱいあり、具体的に指導した沢山の記録がのこっている。実は、後継者の社長や部長はマネージャーとしては経験があるが、技術の詳細な経験や知識がなかったので、こうした現場の技術的課題の対応に苦慮していた。

　この会社は3年前から受注が急に増加し、加工が間に合わなくなり、納期遅れが発生しているとのこと。ちなみに、中国では納期遅れは日本ほど厳しくない。ただ罰金は0.1%/dayとのこと（一日0.1%の罰金）。現地の外注加工メーカーとも課題の対応策を議論した。

　老人の技術者としては、まだ社会に役立つことがあり嬉しいことであった。

写真3　蘇州の夜

③後輩と会食

　夜は会社の後輩たちと会食し、大変盛り上がった。中国人達の笑顔に囲まれて、当方も幸福感に満たされた。

　　中国語会話：ニーメン　シンフーマ？

　　　　　　　　トイ、ニーナ？

　（日本語訳：君達は幸福か？はい、あなたは？）

〈3/2 ～ 3/3　蘇州→杭州〉

　浙江理工大学（学生数2万人）訪問

　杭州会議で知り合った日本語の話せる女性の教授に招待され、特別講義を実施した（受講者46人）。

　講義後、図書館を見学したが黄龍渓、黄宗羲、馮友蘭、孟宗山等の中国哲学者の本はあったが、王陽明の本は見当たらなかった。当時、京セラの稲盛さんの盛和塾がまだ中国に普及する前で、普及後は中国では陽明学ブームになった。

　夕食は教授と学生の合計6名と楽しんだ。学生はみんな技術系だ

が、当方は宋明学について、また、若い中国の技術者に技術を伝承したいと説明した。浙江省の食事は美味しく、日本人に向いている味だったので楽しむことができる。

〈3/3～6　杭州→鎮江→常州〉

江蘇大学訪問（3/3）

浙江理工大学同様に教授に招待され、特別講義（**写真4**）を実施した（受講者80名）。

この大学は学生3万人、先生1,500人のマンモス大学。大学が広すぎて校内を歩くのに疲れた。図書館も非常に大きかったが、残念ながら王陽明の本は少なかった。

当方が講演や講義の際は、必ず聴講者にアンケートを取るようにしている。以前、上海交通大学で初めて大学の講義をした時、聴講者が内容を理解したか、役に立ったか、が全くわからず、講演の成果、達成感がない経験をしたことがある。以後、アンケート取るようにした。

今回二つの大学のアンケート結果では、学生が理解し満足したのは良かったが、私のパワーポイントの中国語は間違いが多く、英語にしてくれというものであった。

昨年、杭州のシンポジウムで学生達は、英語が苦手という印象があったのだが、今回よけいな親切

写真4　江蘇大学での特別講義

で中国語にしたのが失敗であった。彼らは話すのは苦手だが、読むことはできたからである。日本の学生も同じことが言えるであろう。

夕食は、大学のキーマンと会食。彼は一人でしゃべっていたが、中国語で通訳の無い状態だったので、当方は全く理解できなかった。宿泊した大学のホテル（4階）からは長江（揚子江）を見ることができた。

〈3/4　鎮江市観光〉

　博士課程の学生が観光案内をして
くれた。鎮江市は江蘇省の重要都市
で、三国時代呉の孫権によって城が
築かれ一時期都になった。（写真5）
数多くの文化遺産があり、日本から
も弘法大師、安倍仲麻呂、雪舟等が
訪問している。

写真5

　まず長江の中にある島の焦山に船
で渡り、寺の塔に登り、長江を真下
に眺めた。鑑真和上が日本へ渡航し
た場所になる。

　昼食後には金山寺、江天禅寺、法
海洞、古白龍洞、方丈殿、昭関石洞、
博物館を訪問。金山寺は弘法大師の
修行の禅寺で、昔は長江の中州にあ
った。案内人の学生が、壁にある竜
の口にコインを投げている。楽しそ
うだ（写真6）。

写真6

　洞窟が杭州の西湖に繋がっている
と書いてある。石板の表示には、周
敦頤、範仲俺、蘇軾、欧陽脩と書い
てある。有名人の彼らがここを訪問
したのだろう。中国ではアチコチの

写真7
老人が石畳に字を書いている

公園で、老人が地面に字を書いているのをよく見かける。（写真7）
時間が経つと、水分が蒸発して字が消え迷惑にならないのだ。

　古い街を再現した小道を歩き、博物館を訪問した。案内してくれ
た学生と夕食を食べた時に聞いてみた。彼女は空調を研究している
技術系の学生だが王陽明を知っていた。

〈夜のノート記録〉

　中国のホテルで、自分の人生を客観的に振り返ってみた。何故、自分はターボ圧縮機で事業に成功したのか？

①電力代の高さ

　日本は米国より電力代が高いので、省エネが一番の重要テーマとなった。省エネ（効率向上）で世界一になれた。

②納入後のクレーム処理

　米国や韓国は一年間の保証ゆえ、一年後のトラブルのフィードバックがないので、自分の機械の問題点がわからない。ところが日本は1年の保証期間が切れても、クレームのフィードバックがあり、対応する必要がある。自分の機械の欠点を知り、直すことができるのだ。3〜4年前、韓国の三星（サムソン）とこの議論を実施し、当時三星は日本の文化を流用したいと言っていた。

③日本の顧客の文化レベルが高さ

　日本の顧客（トヨタ、デンソー）との議論で、改良のテーマが見つけられた。日本の昭和30〜40年代は欧米の技術を使用しての発展であった。その後の成長は、上記が機能していたと推測する。

〈3/5　鎮江→常州→蘇州〉

　昨日観光案内してくれた学生は、今日は蘇州の恋人に会いに行くため、同じ電車に乗った。当方は常州で下車し彼女とは別れ一人で観光をした。

・天寧寺訪問（写真8）

　まず16階の塔にエレベータで登り、お寺の景色を眺めた。寺では、地元の人がお経を読んでおり、確認したら地元の言語で読んでいるとのこと。ひょっとしたら、ここは昔の呉の国故、

写真8　天寧寺

呉音ではないかと思う。つまり日本のお寺と同じ呉音のように感じた。また、宋代のダイナミックな特徴ある彫刻が数多く置かれていた。（写真9）その中に五百羅漢があり、何と大きな仏像が500体設置されていた。写真では仏像が多すぎて一部しか撮れなかった。ご存知のように日本の寺の五百羅漢はスペースをとるので非常に小さくなっている。

写真9　ダイナミックな彫刻の仏像

・鰢舟亭訪問

　ここは北宋の詩人蘇東坡ゆかりの公園で、河内の島が橋でつながれている。公園の広場に蘇東坡の像が寝転がっていた（写真10）。

写真10

　電車で蘇州へ向かった。途中イチゴを買ったところ、眼鏡より大きくびっくりしたので、思わず電車の中で眼鏡と一緒に写真を撮ってしまった。

〈3/6 蘇州泊〉

　昨年蘇州で、歌舞伎の坂東玉三

写真11

郎主演の牡丹亭が公演され大人気だった。テレビでも紹介されていたが、その後日本や台湾でも公演された。これは蘇州の昆劇（写真11）で、玉三郎は蘇州で蘇州語を覚えて演じていた。蘇州に二年間住んでいたが、上海の京劇は鑑賞したが蘇州の昆劇は見る機会がなかった。どこに舞台があるかも知らずいた。今回是非見たいと思って、一週間前に蘇州の宿泊ホテルで聞いたがわからなかった。元

秘書に調べてもらった結果、日曜日に一度だけ公演されていること
がやっとわかった。その日曜日が今日である。場所は蘇州昆曲博物
館。運よく牡丹亭が公演していた。客席数30人ぐらいの小さな劇
場で「牡丹亭・尋夢」ほか「長生殿・酒楼」等を観劇した。牡丹亭
は20分間の尋夢の一場面で、美しい女性（？）が演じた。夢の中
で恋人に会っている場面のようだ。せりふは蘇州弁ゆえ観客（蘇州
人以外は）は聞いてもわからないが、字幕が表示され理解できた。
勿論玉三郎は女形（おやま）を演じ、他の俳優も美しく、男優か女
優か判別できないほどであった。俳優も音楽も本物のプロで大変す
ばらしかった。観客の満足度を私と同じようにアンケートでフイー
ドバックしていた。

　演劇を堪能して外に出ると、突然の寒波で寒くてとても街を歩く
気にはなれない日でもあった。

　以前、昆山市の昆劇博物館で確認したところ、昆劇は京劇のルー
ツといわれた。日本では京劇と呼ばれているが、中国では、北京は
「京劇」、昆山は「昆劇」、四川省は「川劇」、越の国であった杭州は
「越劇」等地元の地名で呼んでいる。中国のTVでは必ずどこかの
チャンネルで京劇が放送している。演技者は標準語ではなく地元の
言語が使わて、地元の人しかわからないので必ず字幕が表示され、
高齢者に大人気とのこと。

〈3/7　蘇州→上海→羽田〉

　上海の飛行場の待ち時間に、携帯で今回お世話になった方々に、
辞書を使用しながら、中国語でお礼のメールをした。あっという間
に90分たってしまい、機内でもメールをしていたところ客室乗務
員に注意されてしまった。

3. おわりに

　文化遺産の豊富な中国の古い街を訪問し、充実した2週間を過ご
すことができた。教養と意欲のある日本の学友や中国の教授、学生

と交流できて、こんな恵まれた時間を過ごすことができ非常に贅沢であった。大好きな中国文化遺産と楽しく交流していただいた皆さんに感謝、感謝！

　なお当時、東洋大学で宋明哲学（朱子学＋陽明学）を学んでおり、今回王陽明ゆかりの余姚・紹興を訪問したが、次は朱子ゆかりの地へとの思い二年前から計画していた。以前、廬山の白鹿堂書院を訪問したので、次は是非、福建省とのからインターネットの地図の中で、福建省の山中を探検していた。そんなころ、日本に帰国後、何と福建省での仕事依頼が待っていた。以前、東洋大学での特別授業で、広島大学の市来教授から朱子のゆかり訪問記を紹介いただいていたので計画が立てやすかった。しかし一人での旅行は無理と判断。省エネ技術者見習いの中国人の若い弟子を無理やり同行させることにした。旅行中、空いた時間で彼に講義をする予定にした。

　次回は朱子の生地の福建省訪問を報告する。

中国をたずねて
―朱子学の園にあふれる魅力―

1.はじめに

　前回紹介した2週間の江南旅行（2011年）の帰国後、福建省での仕事依頼が待っていた。朱子に会えるのではないかと興奮した。朱子の縁地訪問は二年前から計画し、昨年、朱子が再建し院長を務めた廬山の白鹿堂書院（書院とは学校のこと）を訪問。今年は是非朱子故居の福建省と思ってGoogleの地図の中で、福建省の山の中を探検していた。幸い広島大学の市来先生の朱子に関する特別授業で、福建省朱子訪問備忘録の紹介があり計画が立てやすかった。しかし今回、一人での旅行は無理と判断し、省エネ技術者見習いの中国人の若い弟子を無理やり同行させることにした。旅行中、空いた時間に彼に講義をすることにした。とにかく理解できるまで質問させ、互いに英語が下手ゆえ時々通じないことがあったが、英語の練習になった。

2.豊かな文化生活を送る福建省

〈3/22 ～ 24〉

　20日に福建省厦門行きの飛行機の中で、三浦国雄著「朱子」を読みながら空港に到着。漳州と甫田の二ヶ所で弟子を指導しながら、大工場の空気圧縮機と圧縮空気の省エネ診断の仕事と、深圳での会議に参加。24日、飛行機で武夷山（山脈）に向かい空港でガイドと合流し、その日は武夷山に宿泊。夕食後、ホテルの茶屋で有名な地元の武夷茶（ウーロン茶）を飲みながら、お茶をいれてくれた給

139

仕と談笑。日本人と話をするのは初めてで、自分の娘や旦那のことを楽しそうに話していた。娘が2名いるということは、一人っ子政策の漢民族でない閩族であろう。こんなに楽しそうに話すのは彼女が幸福な証拠。もしくは、私の聞き方が上手くて彼女を幸福にしたのか? 一般的に女性はおしゃべりが好きなので、私はそのカモになっただけなのかもしれない。

〈3/25〉

朱熹園、九曲渓川竹の筏下り、六曲響声岩摩崖、博物館、武夷宮、遇林亭窯址、水簾洞、三賢祠訪問。夕飯後、張芸蒙の「印象」を観劇。朱熹園の中に武夷書院があり、庭に朱子が穏やかな顔して腰かけて来訪者を待っている。白鹿堂書院のように立って見下ろす姿勢ではない。二程語録（朱子が学んだ二程子の語録、朱子学の基本）(**写真1**）が置いてある。

写真1

ここで朱子（54歳頃）が、これを使って弟子に教育したとされ、教育現場の臨場感があった。模型の朱子が講義をしているので、当方は座って受講してみた(**写真2**）。

写真2

しかし白鹿堂書院と同様、本当に人里外れた不便なとろである。勉強場所には不便なところが良いのか? 川や山があるという風光明媚なところではある。夜ちょっと遊びに行きたいと思っても不可能である。すぐ近くの川辺には観光客が大勢いるが、朱熹園には我々以外誰もいない。観光客は朱子には関心がないのだろう。この隣に朱子博物館を建てる計画が表示されているが人が来るのだろうか?

既設の博物館には、当時の現地人であった閩族が、隣の越族に260年に侵入されて融合した歴史が展示してある。尚、福建省の対岸に位置する台湾の住民の多くは、ほとんど福建省から移民した閩族で、福建語（閩話語）を話す。台湾の原住民は東の山地に追いやられた。昔、当方が台湾の東地区を訪問し地元の原住民に会った時、アイヌ人とよく似た服を着て踊っていた。

　その後、竹舟に乗り、九曲渓川下りで素晴らしい風景を味わい（写真3）、小さな谷川沿いの道を30分も歩いて水簾洞へたどり着いた。大きな滝の中腹に三賢祠があるので、さらに疲れ切った足を引きずりながら到着。三賢人は朱子・劉珙・蔡沈と書いてある。このような不便なところに、この三人は来たのだろうか？ここまで歩くのは体力の限界だったが、この滝は素晴らしかった。

　昨日の夕食には熊を食べたが、今夜は犬と鹿の中間ぐらいの獣の獐（写真4）を食べたおかげか、元気になった。

写真3　　　　　　　　　　　　　　　写真4

　夕食後、武夷山を背景とした張芸蒙（チャン・イーモウ）の「印象」を観劇した（写真5、6）。舞台ではなく、観客席が回転して場面が変わる、大仕掛けの舞台装置だ。色彩の変化が素晴らしく、贅沢な一日であった。

写真5

写真6

〈3/26〉

5:00に目が覚めて、三浦国雄先生著作「朱子」再読し予習。

8:00五夫へ車で出発。

五夫・紫陽楼・五夫古街（朱子巷・五賢井・過化処・連氏節節孝坊・劉氏家祠・興賢書院・五夫社倉）・劉坪山書院址。

写真7

9:40紫陽楼（朱子故居）（**写真7**）。

紫陽とはアジサイの意味。東向きの家の2階は3人の娘の部屋、1階は3人の息子の部屋。裏は山で、右隣は樹木林、左隣は民家が連なる。前には川が流れていて、橋がある。犬や鶏が多くいた。勿論この家は再建で、元の痕跡は残っていない。王陽明の住居の比べると、非常に小さな家である。

写真8

入り口の小さな庭に、朱子が座っていて（**写真8**）私に手を振って招いている。朱子の書いた文字

写真9

「正気」（写真9）が掲げてある。朱子学は理気の二元論で「理」と「気」は重要な単語である。

昼食後、朱子社倉訪問（写真10）。社倉とは、収穫物を一時保存しておく倉庫である。端境期や凶作などの際、農民が窮乏した時に低利で貸し付け、難民の救済に当たった。

この社倉は、朱子の有名な政治活動の成果である。訪問者は誰もいないが、案内人がいて親切に社倉の門を開けて覗かせてくれた。勿論社倉の中には誰もいない。

写真10

〈3/27〉

建陽市訪問（朱子墓（黄坑）、考亭書院牌楼、建陽文化館、建陽博物館（休み）、宋氏像、酒店の茶館で個人教授、漳山公園、朱子閣。夕食後、建陽駅から乗車）。

朱子の墓を訪問した（写真11）。王陽明の墓を訪問した時は、東洋大学の友人と一緒に墓の掃除をしたが、今回は一人で掃除していたら、自転

写真11

車乗ってやってきた小さな子供達が掃除を手伝ってくれた。

朱子が自分で作った考亭書院を訪問。朱子が晩年大勢の人を集めて講学した場所である。入り口には、韓国に住んでいる朱子の子孫が、書院を再建したと記念碑に残っていた。書院の建物は立派だが、屋根も内部を破壊されていた。

近くの住人に事情を聞いたところ、雹（ひょう）が降ってきて壊したと説

明。書院の内部も壊れているし、周りの家が壊れていないので雹は
あり得ないと思う。また損傷の具合を観察すると、水平方向にも損
傷しているので、爆破による破壊のようにみえた。

　また他の住民は、笑いながら建物の品質が悪いので破壊したと説
明（再建した韓国人の朱さんに連絡する必要があるかな？）。

写真12

　ちなみに、当方が訪問した10年以上前の話
（2011年）で、現在は損傷した残骸を撤去し、
また新しく再建されている。

　宋慈（1186～1249年）の巨大な像（**写真12**）
を訪問した。彼は朱子と同時代南宋の地元の官
僚で、世界初の本格的な法医学書『洗冤集録』
の著者である。

　その後、漳山公園、朱子閣を訪問。観光終了
後、同行者に省エネの講義をし、21:18発の寝
台車でアモイへ向かった。

〈3/28〉

　起床してトイレへ行ったが満員で待つ時間、車からの外の風景を
見ていたが、谷川の風景で美濃の木曽川に似た素晴らしい景色であ
った。アモイに到着前の風景はバナナ畑が広がっていた。

　8:30、厦門に到着し、タクシーでアモイ島を見学。海岸は春の気
候で気持ちが良かった。タクシーの運転手と交渉し、飛行機の出発
時間まで南普陀寺院とコロンス島の砲台（**写真13**）を見学するこ
とにした。コロンス島には海底ト
ンネルで渡り、海岸の通路は海の
景色が非常に美しく、砲台は台湾
海峡に向かっている。尚、厦門の
すぐ近くにある金門島は台湾が実
効支配している。

　14:10、厦門発成田行で帰国。

写真13

機内で市来教授の特別講義（2010年8月3日）のプリントを再読
し、朱子学を味わった。尊敬する朱子の住居地の福建省を訪問し、
従来理想の哲学者として尊敬する対象だった朱子がさらに身近な先
生になった。

3.おわりに

　訪問した2011年は、夢中の状態で福建省の朱子旅行を楽しんだが、
当時、文化大革命の儒教破棄から、すでに改革開放（1980年代）
の儒教肯定に変った時代だった。しかし、当時一般庶民には、儒学
や朱子学は普及していない状態で、朱子の文化遺産は人気がなかっ
た。
　その後、盛和塾の中国での普及や習近平の中国古典の重要視によ
って、大きく変化している。2014年、孔子の誕生日を祝う国際会
議が開かれ、習近平は「孔子の創った儒家学説および、それを基に
発展した儒家思想は、中華文明に深い影響を与えた、中国伝統文化
の重要な構成要素だ」と演説している。現在は,小学校でも論語の
暗唱を課している。詳しくは、当方の著書「技術者が参考にすべ
き・機械設計者の楽しい人生」を参照いただきたい。従って現在訪
問したら、来客数は大幅に増加していると想像する。

第13回 東京都の区の省エネ参加

1.はじめに

　時々会食している大学時代の同級生から、都内某区※（以下、A区）の省エネの仕事の話があった。同級生はこの仕事を請け負ったチームの会員であり、当方がエネルギー管理士の資格を持ち経験もあるので、技術的な意見等を期待しての誘いであった。そのチームに入会金を払い、準会員にしてもらい参加することにした。

　チームのメンバーは当方と同様、企業を引退した技術者で、省エネなどの仕事を楽しんでいる様子であった。

2.区の方針

⑴東京都中小事業所省エネ促進・クレジット創出プロジェクト

　省エネルギー診断等に基づき、都内の中小規模事業所で高効率な省エネ設備を導入する場合は、発生するCO_2削減量をクレジット化する権利を都へ無償譲渡することを条件に、その費用の一部を東京都環境整備公社が助成する事業がある。

　A区出版の当時の「リーデイング企業ガイド」によると、100社以上の丁寧な説明が記載されている。この区産業の優位性をアピールすることを目的としている。

⑵A区の省エネ導入の助成制度

　設置に要する経費の20％。上限1,000,000円

⑶省エネコンサルタント派遣事業

　中小規模事業者に、無料で省エネコンサルタントを派遣し、省エ

ネルギー化の取り組みによる経営の効率化や大幅なコスト削減を支援する。

3.A区の委託仕様書の概要

　目的：中小規模事業所での現場調査に基づき、省エネ診断を行う。その診断結果に基づく改善提案や、実施に向けた具体的な助言、及び支援を行い、省エネの取り組みを推進する。
　業務担当者の資格：技術士、エネルギー管理士、一級建築士など
　業務内容：省エネ診断、改善提案、実施に向けた支援、報告書の作成
　予定件数：30社

4.チームの実施計画内容

　企業と打合せてエネルギー使用の現状把握を行ない、助成金の中で一番有利なものを選択して提示し、企業に勧める。
　省エネ対象につき、メーカー2～3社から省エネにかかる費用と、導入後の省エネ効果の予測を出してもらう。
　助成金申請書の作成は企業の仕事だが、作成ができない場合はサポートを行う。
　2人1組で、6社を分担。2人で相談し、意見交換しながら省エネ診断やコンサルを実施する。労働日数は3社で6日／月、10ヶ月ぐらい。

5.過去に実績のある診断員の報告聴取

　チームの責任者が、某省エネ支援機関の診断員の報告・聴取した内容を説明してくれた。彼は新宿区などの四つの機関の診断をして

いる。都内の中小企業の実態は、省エネ担当や設備担当がおらず社長が出てくることが多い。エネルギーの消費データがなく、電力会社やガス会社の請求書を出してもらい、エネルギー消費実態を把握した。

　空調、換気扇、照明の機器表がないので、現物を見て確認。銘板が機器の裏側にある為、壁ぎわで読めなかったり、汚れて見えないことがあり、機器の出力の実態の把握が非常に難しかった。

　省エネのポイントは空調、照明、トランスと説明された。省エネ診断業務は、報告書作成に最低7日間必要、診断は2週間かかる。

　以上、我々の着手する前の情報として大変役に立った。

6. チームの進捗

　2010.12. 5：プロジェクト幹事が区省エネ事業の提案
　2010.12.14：友人から当方に参加依頼
　2011. 3.10：チーム予定メンバーで区の事業の内容議論
　2011. 5. 9：区の環境保全課の担当と業務内容を協議
　2011. 5.18：受注

7. チームの活動開始

7-1　メンバーで仕事の進め方を協議　(2011.6.3)

　空気圧縮機や圧縮空気の省エネ等、当方の省エネ技術を紹介する。

　一般工場では電力費の20％が消費する。都の基準にはあるが、この区の補助には圧縮機はない。一つの工場を2人で調査する。見積もりは2社以上。

　まず訪問先の社長に意向を聞くこと（リースは補助金がない）。すでに9社の申し込みがあり。30社が目標。

　照明と空調の省エネの講習会を受講して勉強する。当方は空調の

専門家ではないが、日揮プランテックで仕事した時の上司が専門家で、当時のプロジェクトで少し学び、今回面談して指導を受けた。

7-2 中小企業訪問診断

当方は4社を担当したが、その内の1社の訪問を紹介する。

〈第一回訪問　2011.6.22〉

①社長と協議

当方はメンバー2人。区の担当2名と訪問。昨年は30～40時間残業、今年は3、4、5月の残業ゼロ。6月は少し戻ってきた。製造物の関係で、風は使用できない。カーテンを使用。コンプレッサは製造機に付属。

②協議後、工場見学実施、現場担当2名が案内。1～4階、別棟1
～2階を訪問し、設備の設備の詳細や配置図をノートに記録。

③提案

〔空調〕

・人の作業場所をカーテンでしきる

・人のいる場所までダクトで近づける

・西側の入射熱の防止

・帰社30分前に空調電源を切る

〔蛍光灯〕

・LEDに変更

・各電灯を一個ずつ入り切りスイッチを設ける

・元スイッチの場所表示

・電灯を間引きする

・スイッチ担当を設ける

〈第二回訪問　2011.7.8〉

　①省エネ手順（省エネセンターの手順を使用）

　　・データの見える化の為の掲示

　　・原単位の意味を説明し、原単位管理を勧めた

　　・社長の方針（5年での投資回収）を理解

　②照明：LED化や蛍光灯のプルスイッチの取り付けを説明。

　③壁や屋上や窓の断熱：断熱による省エネを説明。

　④待機電力：待機電力の見直しを説明。

　⑤電気量の推移：グラフで9月と2月の使用電力が多く、対応策を提案。

　⑥工場の現場で指導：現場の具体案を指導。

〈第三回訪問　2011.8.9〉

　①デマンド値：デマンド値を見える化する為に業者を紹介。省エネ効果が出たら、社員に半分程度還元する社長方針。

　②第二回の提案の進捗を確認。

〈第四回訪問　2011.9.14〉

　①省エネの進捗確認：省エネ効果のデータ確認。社員の意識向上確認。検討中の項目確認。省エネ実行の状況確認の為、現場の写真撮影実施。

　②今後の課題確認。

〈第五回訪問　2011.11.11〉

　①デマンドコントロール：業者を決定し開始した。

　②区に省エネ診断報告書提出準備：原稿の確認を依頼。

8. おわりに

　部品メーカーや印刷会社など合計4社の診断を実施し、一社あた
り4〜5回訪問した。対象は主に空調と照明で、当方が専門の圧縮
空気は一社しかなかった。空調技術の指導を受け、改めて学ぶこと
ができた。今まで大企業の大型工場の診断しか実施したことがなか
ったが、今回初めて中小の製造業の診断する機会を得て、新しい経
験を味わうことができた。また日本の中小の製造業が非常に前向き
な考えを持つことを知ることができた。

　今回、技術力の高い4人の技術者と一緒に仕事でき、レベルの高
いまとめ方が非常に勉強になった。人生はこうしためぐり会いが非
常に重要だと思う。また、省エネの仕事は、社会に貢献できて、達
成感を味わうことができる。今後もこのような機会があることを願
っている。

第14回 中国をたずねて
―旧首都に息づく文化―

1.はじめに

　当方の専門であるターボ圧縮機を中国で中心に研究している大学は、西安交通大学、上海交通大学、清華大学の三つがあげられる。また国営の大規模な製造メーカーは、西安と瀋陽にあった。上海交通大学は当方が住んでいたところから近く、何度も訪問したが、西安、瀋陽は西方や北方と遠く、仕事で訪問する機会は少なかった。

　今回は西安の大学とメーカーの技術交流と観光を紹介する。第12回では、福建省の朱子の故居等を紹介したが、今回は旧首都西安（旧：長安）と咸陽（秦の首都）の訪問になる。ちなみに交通大学の交通の意味は、「交わり、通じる」という意味で、英語のcommunicationに相当する。

2.西安・咸陽は生きている

2-1　陝西鼓風の技術者と交流

〈2011/4/25〉

　2010年10月に杭州会議で知り合った陝西鼓風机（集団）有限公司（西安市内）の技術者と交流。この会社は、主に軸流の大型ターボ圧縮機を製造している国営の大企業で、西安交通大学との関係が深い。彼は西安交通大学で博士号を取得している高級技術者で、約30人の優秀な部下を持ち、高速ローターの解析が得意とのこと。

　訪問では、詳細な技術要素や技術的課題と市場の動向などの議論で盛り上がった。会食後、彼の家に招待された。彼の部屋は大きな

本棚で囲まれ本だらけで、文化や哲学の本でいっぱいであった。

　ここでは、技術の話題ではなく、中国文化や、儒教や朱子の哲学の話で盛り上がった。彼は言葉が通じない時は、ノートに単語を中国語で書いて説明してくれた。当方は先日、朱子の故居福建省を訪問したことや東洋大学で中国哲学を学んでいることを説明した。最後に囲碁をしたが、負けてしまった。アマチュア4〜5級クラスでは、とても中国人に勝てるわけはなかったが、楽しい時間を過ごすことができた。

2-2　歴史の街　西安

〈2011/4/26〉

(1)西安城壁一周（明代の遺跡）

　文化遺産の豊富な西安には、観光で兵馬俑等、数回訪問しているが、今回はまだ見ていない遺跡巡りを計画した。まず陝西省歴史博物館を訪問し

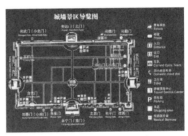

写真1 城壁を上から見た地図

たが、なんと休館。予定を変更し、その後ろにある西安城壁登城口に向かった。この城壁の大きさは幅12〜14m、周囲合計12km、高さ12mで、唐王朝の都があった城壁の基礎上に明代に製造されたものである。

　中国の城壁は都市を囲い、外敵の侵入を防ぐ目的である。従って城壁の中には為政者の住まいだけでなく、住民の住まいがあり都市になっている。城壁の中には日本のように「城（Castle）」はない。「城」の本来の漢字の意味は、「土で成す」であり、「wall（壁）」で「城（Castle）」ではない。日本人は漢字を間違えて使用しているのだ。万里の長城も「城」ではなく長い城壁だ。

　城壁の上は幅の広い道ゆえ、休憩して城壁の中の街や外の郊外を見渡すことができる。城壁は歩いて一周するには距離（12km）が

長すぎるので、レンタル自転車を借りて、城壁を一周することにした。レンタル料は100分で20元（当時）であった。

写真2　西安城壁上

　周囲の景色をゆっくり楽しみながら観光したので、レンタル時間をオーバーしそうになり、最後の1kmは必死に自転車をこぐことになり、しかも最後の道は少し登り坂で、地面がデコボコしていて苦労した。

写真3

(2)西安画廊通り

　5年前に訪れた際にも墨絵が販売されている道路で、大きな絵を枠付きで購入したが、また墨絵を見たくなって訪問した。当時小さな孫がいるせいか、今度も子供を書いた絵（**写真3**）にハマって観賞した。こうした子供の姿を見れば幸せになる。

　墨筆を販売しているところもあり、筆先を削って細くする作業を夫婦でやっていた。当方は筆を5本購入した。観光者が楽しめる西安画廊通りだ。

(3)大明宮国家遺跡公園（唐代の都の遺跡）

　大明宮は唐の都・長安の宮城。663～904年まで240年にわたり17人の皇帝が政務を実施した場所。

　886年には兵火で焼失し、そして904年に洛陽に遷都した。

　宮城遺跡の中を散歩し、遺跡の基礎の跡や、新設の博物館で遺跡像を鑑賞した。兵馬俑はほとんど兵隊で男性だが、ここでは美しい女性の像が多かった。

(4)未央宮跡（漢代の都の遺跡）

写真4　大明宮復元図（一部）

写真5　珍しい女性の兵馬俑

紀元前200年頃の漢の皇帝武帝が建
てた宮殿の跡。建設の跡も残っていな
いが、城壁と堀の跡はあった。新しく
観光用に作った大きな武帝の像があり、
建物は建築中であった（**写真6**）。

写真6

2-3　西安交通大学へ

〈2011/4/27〉

　教授と面談した。教授の得意分野はターボ圧縮機の流体解析で、
ローターの動的解析はメーカーの仕事とのこと。中国の5大ターボ
圧縮機メーカーの専門分野を教えてもらい、交流のあるメーカーの
技術者を紹介してくれた。現場に陝西鼓風のターボ圧縮機があった
が、大型機の電源がないので運転できない。教授の考えとしては、開
発には新しい技術は不要で、開発のスピードが大事とのことだった。
当方の個人的な印象だが、教授は陽明学スタイルであると感じた。

2-4　一時代を作り上げた街　咸陽（秦の首都）

〈2011/4/28〉

　咸陽は西安の隣で北を流れる渭河（黄河の支流）の北側にある。
秦の孝公がB.C.352年に都を咸陽に移した。その後始皇帝が国を統
一し、歴史上初めての皇帝になり、咸陽が初めて中国の首都（B.

C.221年）となった。

　咸陽の秦の首都としての遺跡を訪問したかったが、ほとんど遺跡は残っていなとのことで、咸陽博物館を訪れた。

　大勢の学生が一生懸命に陶俑をスケッチしており、墨の筆で陶俑を写している学生もいた（**写真7**）。

　博物館のそばを流れる渭河は、黄河に注ぐ黄河最大の支流で、河の対岸は西安である。予定外ではあったが、思いもよらず博物館を楽しく鑑賞することができた。

写真7

3.おわりに

　中国の非常にレベルの高い技術者や教授と交流し、また西安（長安）と咸陽を観光し、秦代、漢代、唐代、明代の遺跡や遺産を鑑賞することができた。

　西安（長安）は首都だった年数が長く、文化レベルが高いといわれ、歴史に何度も出てくる。そして、有名な人物がたくさん登場してきた。思いつく人物（政治家と詩人等）を上げると、始皇帝、武帝、劉邦、玄宗、白居易、杜甫、李白、王維、則天武后、楊貴妃、安禄山、日本人の阿倍仲麻呂、空海等である。

　この都市にあこがれて、すでに何度も訪れた。家内とも同行したこともある。今回も楽しく観光することができた。西安（長安）は何度訪れても、何度でも楽しむことができる魅力的な都市であった。また今回、咸陽を初めて訪れたが、特に咸陽博物館で、多くの学生が楽しそうに陶俑を写していたのが印象的であった。その様子に、当方は幸せな気持ちになった。

第15回

中国をたずねて
―論語のふるさとが後世に伝承する―

1.はじめに

　中国哲学の主流宋明哲学の朱子や王陽明の生地や墓訪問を以前紹介したが、今回は、儒学の原点の孔子の廟である曲阜訪問について紹介する。

　2013年5月、中国の友人に青島の近くの造船所（2ヶ所）の省エネ指導に誘われて、山東省を訪問した。山東省は海に面しているので、造船所多くある。その機会に孔子廟の曲阜、封禅で有名な泰山、美しい海の青島を訪れた。

2.連綿と受け継がれる孔子の意志

　孔廟は、孔子が生前弟子に講義をしていた場所に大成殿をつくり、孔子を祀っている。入り口では、赤い衣服を着た大勢の男達が踊っていた（**写真1**）。当方は、中国各地や台湾、ベトナム等の孔子廟を何ヶ所も訪問しているが、その

写真1

建物は立派で大きいが、観光客はほとんど見かけなかった。しかし、今回の如く大勢の観光客や儀式（舞踊）まで実施しているのを見るのは初めてだ。

写真2　孔子の墓

　孔林（孔子とその一族の墓所）はかなり離れた寂しい場所にあり、専用のバスに乗って向う。孔子の墓のほか、弟子の子貢の墓もあった（写真2）。子貢は孔門十哲の一人で、政治家であり実業家でもあった。商才に恵まれ非常に豊かな生活をして、孔子という名前が残ったのは子貢のおかげだという説もある。

写真3

　尚、中国ではお墓は質素なつくりだが、廟（霊を祭る建物）は豪華なつくりのところが多い。朱子や王陽明のお墓も質素であった。

　帰りに土産物屋で、孔子の像を半額に交渉して購入した。何とそこの店主は、孔子の子孫（75代目：孔祥平）で一緒に写真をとってもらった（写真3）。日本人の私が、孔子の像を買ってくれるのが嬉しかったようだ。孔子の人生は数年の実務を除いて、社会から認められず就職活動の期間が永い人生だ。しかし、立派な弟子を沢山育て、論語は孔子の死後、弟子達が教えをまとめたものである。

　孔子が儒教の元祖のように扱われているが、それ以前は「原儒」と呼び区別されている。原儒は、呪的儀礼、喪葬をするシャーマン（巫女）のこと、孔子の母親もそうであった。その母親に育てられた孔子は、儀礼より「仁」などの人間関係も重視した考え取り入れて、新しい儒教にしたのだ。勿論「礼」も重視している。その後、

孟子が性善説を追加して進化させ、朱子が理論的に整理し哲学「儒学」にしたのだ。

実は、孔子と同様、釈迦やイエス・キリストも自分で記録を残していない。仏教のお経や新約聖書も論語と同様、本人が書いたものではなく、彼らの優秀な弟子達が記録に残し、後世に伝えてくれたものである。当方の認識では、この3人の聖人に共通するのは、弟子達を愛し、非常に心温かく、親切に接して幸せにしたことで、弟子達が記録に残したのだと思う。

当方は、中学一年の時から、授業で論語を読んでいたので、論語の内容は自分にとって当たり前すぎるものであった。しかし今回、孔子や儒学に詳しい加地伸行氏（大阪大学名誉教授）の本を読み直し、孔子の人生や儒教を学び直した。日頃より拝読し楽しく学んでいる。機会があれば是非読んでいただきたい。

3.泰山に永らえる儀式

泰山は曲阜の北側の大きな山（1,532m）で、五岳山の一つ。秦の始皇帝が封禅の儀を実施し、その後多くの皇帝が封禅を実施している。封禅の儀式は、封と禅に分かれた二つの儀式の総称を指し、土を盛って檀を造り、天をまつる「封」の儀式

写真4　山頂まではロープウェイで向かう

と、地をはらって山川をまつる「禅」の儀式から構成されていると言われている。ここで、儀式を実施した皇帝（秦の始皇帝、前漢の武帝、後漢の光武帝、唐の高宗、玄宗等）や、ここを訪れた有名人（孔子、李白、杜甫、蘇軾、王陽明等）のリストが表示されていた。

4. 青島にひろがる中国

　青島は山東半島にある港街で、1898年にドイツの租借地になった街。従って古い建物はドイツ風である。中国ブランドの青島ビールもドイツ人がここで始めたのだろう。

　上海は、長江の砂でできた海の浅い漁村のため、大きな船は入れない。しかし、青島は半島の根本ゆえ海は深く、船の出入する港として適しており、首都・北京の海の玄関として使用された。

　その海は昔、黄河の黄色い砂により海が黄色く見えたので黄海と呼ばれた。現在は、黄河の水は少なく黄海は青色の綺麗な海になっている。美しい海岸を散歩し、水族館、市博物館、道教寺院、労山を訪問。

　中国人は日本と違って、海水浴する習慣はないが、青島の海岸には海水浴場があった。砂浜も青い海も美しく、中国では非常に珍しい風景で、クルーズ船にのって海から海岸の景色の眺めも楽しんだ。

写真5　クルーズ船からの眺め

　労山をロープウェイで登り、山の上（主峰は標高1,132m）から青島の青い黄海を眺めた。また大勢の観光客がいる道教寺院（道観と呼ぶ）を訪問した。中国では仏教寺院を訪れる人は少なく、道教寺院の方が圧倒的に人気があり、訪問者が非常に多いようだ。

写真6　労山からの眺め

5. おわりに

今回、仕事で山東省を訪問したが、今まで行ったことのない文化遺産、孔子ゆかりの曲阜や中国皇帝の封禅の儀で有名な泰山、美しい青島を訪問することもできた。そこは、中国人に人気のある文化遺産ゆえ、交通が不便な場所にもかかわらず大勢の観光客がおり、

写真7　人で賑わう道教寺院

中国人が関心のある文化遺産について改めて知ることもできた。

皆さんも、中国文化や文化遺産に関心を持っていただけると幸いである。

`

後書き

　60歳まで実施してきた従来の仕事にケジメをつけ、大学に通い始めて、夏休みの研究成果の結論は、当方の未来の生き甲斐は「共感」と「達成」だったということである。

　新しくエンジニヤリング会社に入社し、新しい仕事（省エネ）を学ぶことが出来て、幸運だった。世の中にない分野の省エネの成果を上げられたので、その内容を本にして出版したら、講演依頼が殺到した。社会に役立つという、社会との「共感」と当方の「達成」を味わった。

　大学やエンジニヤリング会社で新しいことを学ぶ環境を作ることが出来て幸運であった。

　また、仕事のついでに国内外の旅行を楽しむことが出来た。

　読者の皆さんも、当方の執筆内容を確認して、これからの人生の楽しみ方の参考にしていただきたい。

2024年5月
長谷川和三

著者 **長谷川和三** (はせがわ かずみつ)
Hasegawa Compressor Consulting Office 勤務

略歴

1945年	愛知県生まれ
1968年	名古屋大学工学部卒業後、石川島播磨重工業株式会社(現IHI) 入社
1999年	ターボ機械協会理事就任
2002年	回転機械事業部副事業部長就任(汎用機種の事業責任者)
2004年	中国現地法人(蘇州 IHI-寿力圧縮技術公司)設立から生産開始まで
2007年	日揮プランテックに勤務、工場の空気圧縮機の省エネ事業(ESCO事業)実施、東洋大学通学開始
2009年	グンゼエンジニヤリングにて工場の空気圧縮機の省エネ事業(ESCO事業)実施
2011年	板橋区中小企業省エネ診断員、唐盛 コンサル(中国・昆山)
2013年	K-turbo コンサル(韓国)、Tamturbo コンサル(フィンランド)、三一能源重工勤務 副社長(上海常駐)
2014年	United OSD勤務 事業部長(上海常駐)
2015年	南通大通宝富風机(江蘇省)及び 融智節能環保(深圳市)などのコンサル実施
2017年	上海の圧縮機メーカの顧問としてコンサル実施(2020年末まで)
2018年	ターボ機械協会永年会員、LeakLab Japan 技術顧問(大阪本社)(2023年まで)

趣味歴

中国の歴史とその文化で、現地を訪問したりしていたが、帰国後、神田外語大学で1年、東洋大学で10年以上と今でも中国文化を勉強中。
ターボ機械協会永年会員、日本儒教学会会員。

資格

国家資格…エネルギー管理士、公害防止管理者 (大気、水質、騒音、振動等全種目)
その他の資格…ターボドクター (ターボ機械協会認定)

出版実績

『製造現場の省エネ技術:エアコンプレッサ編』(2012年、日刊工業新聞出版)
「中国文化入門」(月刊機械設計2016年2月号より3年間連載、日刊工業新聞社)
『日本人が参考にすべき 現代中国文化』(2019年、日本僑報社)
『技術者が参考にすべき 機械設計者の楽しい人生』(2021年、日本工業出版)
「エアコンプレッサ及び圧縮エアーの省エネの考え方」(クリーンテクノロジー2016年8月号、日本工業出版社)
論文や記事は、「空気圧縮機の選び方・使い方」(財団法人省エネルギーセンタ)、「TX150超小型ターボ圧縮機の開発」(1995年、IHI技報)、「工作機械で使用される工場圧縮空気の省エネ提案」(機械設計2012年11月号、日刊工業新聞社)、「楽しい陽明学への道」(2009年、白山中国学) など学会誌等に数多く投稿。

The Duan Press

技術者が参考にすべき「60歳からの第二の人生」

2024年6月30日 初版第1刷発行
著　者　長谷川 和三（はせがわ かずみつ）
発行者　段 景子
発売所　日本僑報社
　　　　〒171-0021東京都豊島区西池袋3-17-15
　　　　TEL03-5956-2808　FAX03-5956-2809
　　　　info@duan.jp
　　　　http://jp.duan.jp
　　　　e-shop「Duan books」
　　　　https://duanbooks.myshopify.com/

ISBN978-4-86185-344-9　C0036

日本人が参考にすべき
現代中国文化

長谷川 和三 著

今知っておきたい
中国の実情

この本を読むと、中国のイメージが変わる。永年中国で仕事した技術者の報告。

四六判 192 頁 並製 定価1900円＋税
2019年刊 ISBN 978-4-86185-263-3

第6回「忘れられない中国滞在エピソード」受賞作品集

シャンシャン
「香香」と中国と私

段躍中 編

衆議院議員
三日月大造

会社員
高畑友香

松山バレエ団総代表
清水哲太郎

プリマバレリーナ
森下洋子

など45人著

受賞作品集 シリーズ好評発売中！

A5判 224 頁 並製 定価2500円＋税
2023年刊 ISBN 978-4-86185-340-1

第19回「中国人の日本語作文コンクール」受賞作品集

囲碁の智恵を日中交流に生かそう
中国の若者たちが日本語で描いた未来ビジョン

段躍中 編

日中平和友好条約締結45周年を記念して開催された第19回コンクールの受賞作品集。最優秀賞（日本大使賞）から三等賞までの受賞作品61本を全文収録！

受賞作品集 シリーズ好評発売中！

A5判 228 頁 並製 定価2000円＋税
2023年刊 ISBN 978-4-86185-341-8

ポストコロナ時代の若者交流
日中ユースフォーラム 2020

垂秀夫 第16代中華人民共和国
日本国特命全権大使 ご祝辞掲載

日中の若者たちがネット上に集い、ポストコロナ時代の国際交流について活発な討論を行った開催報告書。日中両国に新たな活力とポジティブエネルギーを注ぎ込む一冊。

四六判 168 頁 並製 定価1800円＋税
2021年刊 ISBN 978-4-86185-308-1

病院で困らないための日中英対訳
医学実用辞典
根強い人気を誇る
ロングセラーの最新版

海外留学・出張時に安心。医療従事者必携！指さし会話集＆医学用語辞典。全て日本語（ふりがなつき）・英語・中国語（ピンインつき）対応。

推薦
岡山大学名誉教授、高知女子大学元学長 青山英康医学博士
高知県立大学学長、国際看護師協会元会長 南裕子先生

A5判 312 頁 並製 定価2500円＋税
2014年刊 ISBN 978-4-86185-153-7

日中中日翻訳必携 実戦編Ⅴ
直訳型、意訳型、自然言語型の極意

高橋弥守彦 段景子 編著

中文和訳「高橋塾」の授業内容を一冊に濃縮！言語学の専門家が研究した理論と実践経験に基づく中文和訳に特化した三種の訳し方が身につく。

四六判 200 頁 並製 定価2000円＋税
2023年刊 ISBN 978-4-86185-315-9

同じ漢字で意味が違う
日本語と中国語の落し穴
用例で身につく「日中同字異義語100」

久佐賀義光 著

"同字異義語"を楽しく解説した人気コラムが書籍化！中国語学習者だけでなく、一般の方にも。漢字への理解が深まり話題も豊富に。

四六判 252 頁 並製 定価1900円＋税
2015年刊 ISBN 978-4-86185-177-3

日本の「仕事の鬼」と中国の〈酒鬼〉
漢字を介してみる日本と中国の文化

冨田昌宏 編著

鄧小平訪日で通訳を務めたベテラン外交官の新著。ビジネスで、旅行で、宴会で、中国人もあっと言わせる漢字文化の知識を集中講義！日本図書館協会選定図書

四六判 192 頁 並製 定価1800円＋税
2014年刊 ISBN 978-4-86185-165-0

俳優・旅人 関口知宏 著
「ことづくりの国」日本へ

そのための「喜怒哀楽」世界地図 **新装版**

ＮＨＫ「中国鉄道大紀行」で知られる著者が、人の気質要素をそれぞれの国に当てはめてみる「「喜怒哀楽」世界地図」持論を展開。

四六判248頁 並製 定価1800円＋税
2018年刊 ISBN 978-4-86185-266-4

七歳の僕の留学体験記

第1回中友会出版文化賞受賞作

中友会青年委員
大橋遼太郎 著

ある日突然中国の小学校に留学することになった7歳の日本人少年の奮闘と、現地の生徒たちとの交流を書いた留学体験記。

第1位 楽天ブックス
週間ランキング
〈留学・海外赴任〉
(2023/3/13〜19)

四六判164頁 並製 定価1600円＋税
2023年刊 ISBN 978-4-86185-331-9

中国の"穴場"めぐり

日本日中関係学会 編
宮本雄二氏推薦

【特別収録】
関口知宏が語る「異郷有悟」
日本との違いをかき集める旅
ー中国鉄道大紀行3万6000キロで
見つけたことー

A5判160頁 並製 定価1500円＋税
2014年刊 ISBN 978-4-86185-167-4

日中文化DNA解読
心理文化の深層構造の視点から

北京大学教授 尚会鵬 著
日本女子大学教授 谷中信一 訳

昨今の皮相な日本論、中国論とは一線を画す名著。
中国人と日本人の違いとは何なのか？ 文化の根本から理解する日中の違い。

四六判250頁 並製 定価2600円＋税
2016年刊 ISBN 978-4-86185-225-1

悠久の都 北京
中国文化の真髄を知る

劉一達 著 李濱声 イラスト
日中翻訳学院 本書翻訳チーム 訳

風情豊かなエッセイとイラストで描かれる北京の人々の暮らしを通して、中国文化や中国人の考えがより深く理解できる。国際社会に関心を持つすべての方におすすめの一冊！

四六判324頁 並製 定価3600円＋税
2022年刊 ISBN 978-4-86185-288-6

20世紀前半における
中日連載漫画の比較研究

徐園 著

竹内オサム 同志社大学名誉教授
推薦！
「この本は、日本と中国の漫画の歴史に目配りしながら、漫画とは何かを探求する、極めて真摯な比較漫画論である」

四六判264頁 並製 定価4500円＋税
2024年刊 ISBN 978-4-86185-342-5

知日家が語る「日本」

胡一平 喩杉 総編集 庫索 編
日中翻訳学院 本書翻訳チーム 訳

日本の魅力を知り、新たな日本を発見！
「知日派」作家ら13人が日本の文化、社会、習慣を分析した、驚きと発見に満ちたエッセイ集。

四六判312頁 並製 定価2500円＋税
2022年刊 ISBN 978-4-86185-327-2

日中国交正常化の舞台裏
―友好を紡いだ人々―

喩杉 胡一平 総編集
日中翻訳学院 本書翻訳チーム 訳

中華人民共和国建国から日中国交正常化、そして現代に至るまで、日中間の民間交流を支え続けてきた「草の根外交」を振り返る一冊。

四六判288頁 並製 定価3600円＋税
2023年刊 ISBN 978-4-86185-335-7

この本のご感想を
お待ちしています!

本書をお買い上げいただき、誠にありがとうございます。
本書へのご感想・ご意見を編集部にお伝えいただけま
すと幸いです。下記の読者感想フォームよりご送信く
ださい。
なお、お寄せいただいた内容は、今後の出版の参考に
させていただくとともに、書籍の宣伝等に使用させて
いただく場合があります。

日本僑報社 読者感想フォーム

http://duan.jp/46.htm

日本僑報 電子週刊　メールマガジン　登録無料

http://duan.jp/m.htm

中国関連の最新情報や各種イベント情
報などを、毎週水曜日に発信しています。

日本僑報社e-shop
中国研究書店 DuanBooks
https://duanbooks.myshopify.com/

日本僑報社ホームページ http://jp.duan.jp